影の越境をめぐって

谷川雁

目次

I

下向するシンボルを

明治維新を主導したグループや個人の世界観から、すなわち運動の主体がふくみもっていた進歩の元素を定量してみても、大したことにはならないと私は考えている。維新の思想にみられる共通項が幕府ではない統一権力をうち樹てることにあったのは疑いをいれないが、その権力観あるいは権力構成上の組織論ともいうべきものは、いつの世にも変らぬ日本独特のあいまいな微笑と同質のふっきれなさをたたえていて、勝利はつねに冷静なマゾヒストの側にあった。いわば維新史は日本型組織のもつ特質の運用法に関する部厚い解答集であり、その政治過程が組織者のニヒリズムにみちている点では、その後のいかなる変革運動も遠く及ばない。現代から明治維新を見るとき、究極のところ問題になるのは明治維新においてはじめてある程度意識化された権力打倒および権力創成の計画性をどのように評価するかである。

維新史のもっともめざましい段落は第一次長州征伐と第二次長州征伐の間にある。この期間に挙藩勤王――大藩連合という路線ができてからはもう、坂をいっさんにかけくだっただけの話である。そしてこの分水嶺をのぼりつめた部隊は、高杉晋作指揮するどころの奇兵隊中の少数派「遊撃」「力士」の二支隊であった。挙藩一致というスローガンのもとに第一次長征軍の要求を容れようとする藩政府軍を彼らがうち破って藩論を統一した時、このスローガンのたてまえ的運用はもはや不可能となった。武装叛乱による世論の統一という発想は、その後も長州軍閥を中軸とする陸軍によって現代史に大きな位置を占めるが、その原型がここにある。それはむきだしの内的葛藤をむきだしに表現した点で、維新史のもっとも突出した部分でありながら、依然として藩主への忠誠という虚偽のシンボルにかくれている。まず力を握り、それからしだいに虚構をはぎとっていく薩摩型の挙藩一致とは全然ウェイトがちがうけれども、やはり一種のシンボリズムであることは否定できない。なぜなら、彼らの目的は五卿引き渡しを拒絶することにあり、この五卿こそ全くのシンボルでしかないが、そのゆえに五卿は朝廷という最終的かつ無力なシンボルにつながっていたからである。

権力とは本来むきだしの利害のストレートな表現であってはならず、ゼロのゼロでなければならないのであって、その実体的部分はそれを分ち支えるという風にあらねばならないという東洋的イデエと、統一権力の現実化を早急に迫る内外の要請との矛盾したからみあいに、実用一点張りの方法で対処したのが明治維新である。幕府にあらざる統一権力に幕府もふくまれるか、天皇親政とは列侯会議を最終的に容認するか、王政復古は近代的政治制度をどの程度に採用するのかといったかんじんな問題に対して前もって答えることなく、極度にイデオロギーの先行を排除していくやり方にはあきれ返らざるをえないが、それだけに維新の活動家たちが相当なしたたか者ぞろいであったことが分るばかりでなく、そのマキアヴェリズムの背後に空の空なるものという観念が強くはたらいていたことを認めねばならぬ。

無力なものに或る有能な人間たちがはたらきを与えて強大な力を得るという政治的力学が効果をうんだ例は、勅許なしに開港条約を結んだ幕府に対して、朝廷のとった譲位戦術である。実体のない朝廷の権威をいかにして力に変化させるか、この難問を「やめてしまうぞ」という自滅的なマイナスの力で解いたのは苦肉の策とはいえ見事である。それは維新の起爆装置となった安政の大獄を作りだした。それにくらべれば大和・生野の義挙などは、同じく敗北必至の条件下で自滅のエネルギーをどう利用するかという点でロスが大きすぎる。だがいずれにせよ、維新の組織論がゼロとマイナスの運用から出発したことは、緩急はなはだ要を得て力の均衡線上を走った西郷などの言動を見てもいちじるしい特色を示している。

私が明治維新に興味をもつのは、専らその組織方法である。がシンボルがつねに上を向いているという点はそれが統一運動であるからといって、どうしても許せない。権力＝ゼロというシンボリズムは否定しないが、シンボルをあくまで下方に向けることが必要である。そうでない限りゼロとマイナスによる権力の構成法は必ず反動化する。負の論理は存在の下方をめざすときだけ、正である。そしてこの種の正の領域からみるとき、すべての正の論理の最終的符号は負である。

今日の情勢にあてはめれば、朝廷はさしづめ国民会議、藩は大単産といったところであろうが、その主流である民族民主統一戦線や構造改革の公武合体論はいわずもがな、市民主義の貧乏公卿もトロツキズムの攘夷浪人も、前者は挙藩一致主義である点で、後者はやたらに世界市民や世界革命をもちだす点で、いずれもアゴを上に向けたシンボルに頼って事をなそうとしている。存在しないのは、一ぱいのスープと無名の水兵の虐殺とをつなぐことのできたポチョムキン乗組員やオデッサ市民の想像力を組織する部隊、ぎりぎりの階層的深度をもつその経験の触発する衝撃力である。したがって、明治維新から学ぼうとしている私の主題は、長州奇兵隊をのりこえるために何十度もニセ奇兵隊を作ってはこわす自滅的な組織論ということになる。

（一九六一年一一月号「思想の科学」）

インターナショナルの根

トルストイにロシア革命の鏡を、つまり革命前夜における農民の錯乱の正確な反映を見たレーニンは、ロシアのキリストなどとしきりにノートに書きちらしているドストイエフスキーに何を発見しただろうか。イデオローグとして定立された自意識のなかにふくまれる民族的契機とインターナショナリズムとの葛藤であったろうか。いずれにせよ、光と影のごとく相反するこの二つの大思想もまた、生成の過程にある「民族」に深くとらわれざるをえなかった。われわれはこの事実から、ブルジョア社会が生産した意識のうちで民族という観念はもっともしたたかなものであることを感ぜざるをえない。この観念を透過すればたいていの向日的思想も循環をとめて情念の淵にしずみ、悪意にとぎすまされた精神もまたいっそう影を濃くしていく。さりとて民族なんか知っちゃいねえと力んだとたんに、思想は皮膚を失ってむきだしの骸骨になる。どうすればよいのか。周知のごとくレーニンはVolkとNationを区別したのであったが、むろん彼はもともとこの二つの観念が底部で膠質の接着剤でつながれている所にブルジョア民族意識のからくりがあることを見てとっていたのであって、そこを彼らしくさしあたり必要なだけ腑分けすると共に、それ以上に深入りすることを避けた。逆にいえば、「民族」は敏感な精神を溺死させるローレライの歌声のような吸引力をもつ。一切を露骨な金銭関係に還元する社会であればあるほど、その物神性を圧縮する形而上的な極がなければならないからである。資本という神の鎮座する聖域としての Nation を自然的パターンとしての Volk から区別することは国家論の領域における「政教分離」であった。

だが問題はつねに Volk と Nation の接点にあるのであって、両者の内的連関の線に沿ってメスを入れない限り、区分は単に区分にとどまる。特に Volk だか Nation だかわけのわからない民族だの国民だのという用語がごたごたと舞っているわれわれの世界では、いつのまにか神なき神殿が神そのものへ逆行する傾向をもっている。völkisch なものが volksbeliebt あるいは volksmäßig なものへの拡散と同一視され、さらにそれを包括的に nationalisieren していく過程とだぶらせて聖化してしまう傾向は毎日のようにつきあたる現象である。そこには無数の誤訳の上に重なった誤訳があり、それを一つ一つ解きほぐさない限り、すべては不毛である。誤訳しやすい見本と思う二、三の例をあげてみよう。

私が先年訪れたトカラ列島の臥蛇島には、島の信仰の中心である若宮神社の境内に小さな自然石の招魂碑があって、あらゆる祭には他の祠と同じように祝詞と供物がささげられるのであった。

しかるにこの島では日清、日露戦争までは徴兵令が適用されておらず、その後も太平洋戦争をふくめて一人の戦死者すら出していない。したがってこの招魂碑は島内のだれとも具体的な人格上のつながりをもたぬ、まったく抽象的なシンボルである。粗雑に考えれば、これこそNationalitätの華として、ナショナリズムの教材にしてもよいくらいであるが、はたしてこの事実をそういう意味に解すべきだろうか。戦後一度だけやってきた税務署員に対して島人がこっけいなほどの恐怖をいまなお抱いていることでもわかるように、かれらと国家との距離は遠く、国家との一体感などありうべくもない。まさにそのゆえに、帰属感の安定を求めてこのシンボルが建設されたとみるよりほかはない。かれらの行為はNationalität すなわちPre-Nation たるVölkerschaftを包括し統一し代表する意識によるものではなく、その意識の欠如から生まれたものである。しかもそれは国家への意識の通路がないということへの不安から作りだされたのではない。かれらの世界では島外の「公権力」は島内の自治組織の拡大された範疇と考えられている半面があり、たとえば村有林は他の島を排除した臥蛇島民の共有の公的承認としてしか受けとられていない。公権力は島の自治の網の目でふるいをかけられないかぎり機能することができない。だからこの招魂碑もみずから選びとったものであり、国家というレンズを用いて、同一レベルのより広い外界へ形而上的通路を開いたものと見なければならない。

なるほどそれはNation の媒介なくしては成立しない行為であろう。だからといってそれは強い自覚性をもつナショナリズムでもなければ、無意識のうちに発展するNationalität に重点があるわけでもなく、主軸を占めているのはより広い世界へ小さな窓をうがっておきたいという Völkerschaft の自己運動なのである。national な表層と völkisch な深層をごっちゃにする者は、九州佐賀の農民・木口小平が死んでもラッパを離さなかったというナショナリズムの説話を批判するにあたって、ナショナリストと同じ論理の網の目しか用いることができないために、それを捏造された神話として攻撃するか、または木口小平をナショナリストにしてしまうことしかできない。だが彼の離さなかったラッパの象徴するものが Nation ではなく Volk であったことは疑いをいれないのだ。批判さるべきものがあるとすれば、それは Völkerschaft であって、Nationalität ではない。

臥蛇島民や木口小平はまだ両者の対立を自己の主体の埒内で自覚してはいない。だがそのゆえにかれらに主体がないというのは鯨に脚がないというにひとしい論理であり、かれらの völkisch な部分を棄てて national な領域にはいりこませれば、すなわちかれらを近代化すれば主体がうまれるなどというのはいっそうの暴論である。Volk が Nation に編成されていくときに両極分解するエネルギーのうち、Nationalität として、すなわちこの分解そのものをトータルに代表しようとして出現する表層部分よりも、Völkerschaft の崩壊以外には何物もあたえられない深層部分にうまれる主体こそが真の主体だからである。

崩壊のうちに見いだされる主体の中間過程を、日常風の観察をもって答えれば次のようになる。古い渡り坑夫のなかには、もう何十年も前に働いていた炭鉱からもらった出炭成績優良の「感謝状」を納屋の壁に麗々しく掲げている者がかなりいる。かれらは資本家の賞讃を勲章のように誇らしく受けとっているのだろうか。かれらに過去の経験を問い質してみると、例外なくあやしい眼光をうかべて圧制の記憶を吐きだすように語る。ではこの後生大事な感謝状の意味は何か。表面の機能から見れば、それは彼の閲歴の一部を証明し、資本家に対して無害であることをかすかに保証する役割を果しているかもしれない。しかし炭鉱資本家がそれほど甘くないことは、かれらは知りすぎている。むしろかれらの仲間に自分が長年月の苛酷な労働をくぐりぬけてきたベテランであることを誇示する役割の方が大きいだろう。だがそれよりもかれらが一枚の紙きれに愛着する理由は、内的主体の疎外によって流出した労働のエネルギーがついに資本家をして「感謝の意を表わさざるをえなくさせた」という点に、ひとしずくの主体の回復を錯覚させるからである。それがいかに微量の回復であろうとも、あるいはこっけいな錯覚であろうとも、主体とは主体回復の欲求の強さでしか確かめられないことを考えるならば、そこにはvölkischな姿をとった主体が存在する。このいわば錯覚の中にふくまれる主体性、「主体的」錯覚を凡百のアンチ・ナショナリストはただの錯誤に還元する。だがそれは下層プロレタリアが崩壊してゆく自己の内なるVölkerschaftの欠如部分に充填したVolkstumを、己のNationalitätに合せて裁断することに外ならない。

ここで私がVolkstumと呼ぶのは、歴史的事実としてのVölkerschaftではなく、Nationへみちびく契機としてのNationalitätと拮抗しつつ、Nationそれ自身にも貫徹していく共同体における人間集団の自然との関わり方を下敷きにした固有の集団原理およびそれに照応する制度・意識の慣性の総体を指すのであるが、資本主義が Völlkerschaft のなかに萌す national な契機によって Völkerschaft を再編する際にもなお、それはパターンとして陰刻されていく。しかもそれは上部構造であれ下部構造であれ、両極部分にもっとも高い密度で結晶してゆき、階級的ベクトルを異にしながら瓜二つのものをつくりだす。もっとも一つはパターンのなまなましい直接的な表現であり、他はパターンの高度に抽象的な偽装であるが、この両者の相似性に戦慄をおぼえたことのない人間にそもそも民族問題などを語る資格はない。

おのが Nationalität の偽装性を疑わない連中の救いがたい鈍感さは次のようなケースでは前の例と逆さまな形であらわれる。三池炭鉱の繰込場で入坑前の坑夫たちに対する労組幹部の情宣がすむと、坑夫たちは起ちあがって思い思いに脱帽する。組合幹部にではない、「山の神」とよばれる祭壇に向って安全を祈念するためである。この彦山神社の分霊はどんな小炭鉱にも祭られていて、六月の大祓いにはかつて修験道の中心であったそこに、九州の全炭鉱から労資の保安担当者が参集する。だが大手筋炭鉱の坑夫と中小鉱のそれとでは相当な気質の差がある。つまり中小鉱ほど Volkstum の比重が高いのである。にもかかわらず入坑時にいっせい山の神に脱帽するというような風景はあまり見られない。そのかみ坑内労働をしていた婦人たちにも意外なほど無神論者が多い。とすれば三池のこの völkisch に見えるマナーはその実かれらの Volkstum の強さでなくて、その弱さを表示するものなのだ。そしてまた弱い Volkstum に拮抗しつつ、それに支えられているNationalitätもまた弱い。そこに三池労働者の擬似近代的な性格があらわれているのだが、上・中層プロレタリアのこの種のNationalitätにのみ依拠している政党・労組の指導部は決してこの点をつこうとはしない。それどころか下層プロレタリアの主体的錯覚の中の主体性を黙殺する者が、今度は上・中層プロレタリアの擬似近代性のなかの近代性をもっぱら擁護するにいたるのである。

Nationalität と Volkstum の間にはさりげなく隠微な緊張関係がある。それはたがいに相手を自己の支柱にとりいれようとするマヌーヴァを秘めている。ナショナリズムはこの葛藤の非公然性を利用してさらに巨大な範疇をつくりだす。この事情は、われわれに次のようないくつかの準則を教える。強い Volkstum が一見、強い Nationalität をうみだすように思われる。しかしその場合の主体はあきらかに Volk の側にあって Nation の側にはない。むしろある程度に稀釈された Volkstum に照応する弱い Nationalität が、弱さの故に遊離することができたという条件を手がかりに、最初の弱いナショナリズムの基盤となる。この弱いナショナリズムの上向性が妨げられ、壁を突破するためにより強い Volkstum をもった部分に誘いかけ、エネルギーの増殖をはかるとき、Nationalität と Volkstum の間に非公然の激しい暗闘がくりかえされるとき、初めて強大なナショナリズムが成立する。

わが国における戦前のナショナリズムは、一箇の Nation によってもろもろの Völkerschaft の自立的な開花を保証するという、Anti-Nation によってでなければ追求することのできない空想的綱領の掩護のもとに、Völkerschaft の分解をおしすすめたのであったが、それはイデオロギーの偽装性の強さという一点を除けば、急速に Volkstum を自己の膝下にしたがえなければならない運命をもった資本の運動の帰結として、なんらふしぎなことはない。表層は単一の Nationalität、深層には複雑に屈折した Volkstum という形でぴったりくっついたイデオロギーの機構を理解すればよいのである。この両者の内的に拮抗しあった一枚岩的関係の解体が戦後の文化現象であった。Volkstum と Völkerschaft の分離がほぼ完結した時点で、もはや資本は強い Volkstum を資本の論理の外から吸引しておかなければならない必要を感じない。そして資本の論理の内側に磁石を設け、資本それ自身の構造にこの Volkstum と照応する関係を形成する必要に迫られる。資本の論理の二重化——たとえば二重構造の解消というスローガンによる二重構造の強化——にはさみこまれた Nationalität は、すでに独自の強さを発揮することはできない。だがそれは、全社会現象にわたる Volkstum 一般の消滅を意味するものでは決してない。一定限度の Volkstum とそれに見合う一定限度の Nationalität——この微弱な拮抗関係を標準化し、あらゆる熱狂を例外としてこのスタンダードに閉じこめることが資本の要請となる。いわば新しい型のナショナリズムはかつてのそれが熱狂的パターンの推進であったのに対して、こんどは一つの標準型からの逸脱を排斥し拒絶し破壊するという負の機能をもつ。

この事情が現在の反体制陣営を蔽っているぬるま湯とそれを批判する者への頑迷な排斥との現実的基盤である。Völkerschaft は負であり Nation は正であるという進歩の図式に関する進化論風の決定論を、Volkstum は負であり Nationalität は正であるというぐあいに意識のパターンにまで拡大適用するのは、文明開化論いらいの日本の進歩主義の伝統であるが、それはまさに弱々しい Volkstum と弱々しい Nationalität の拮抗関係しか所有していない中間層のパターンであるにすぎない。したがって強烈な Nationalität が資本の論理の背後にかくれてしまった今日では、かれらの憎悪は強烈な Volkstum に向けられる。そのゆえにかれらの意識のたてまえ部分は弱々しい Nationalität となり、民族独立、平和擁護、民主主義擁護、統一と団結、構造改良などのすこぶる防衛的な戦略戦術がうまれる。それはナショナリズムという平面で切るとき、あきらかに戦前のナショナリズムの退行現象である。戦前のナショナリズムはその貧血してはいるがなお上昇への希望をすてかねて、もっぱらプロレタリアの Volkstum を黙殺することにつとめている現在の反体制運動を、もっとも正統的な相続人として指定しても不当ではない。

片方でかつての大アジア主義に身ぶるいしながら、他方ではスエズのほとりの大アラブ主義を評価するというような態度は、それがいかに中間的ナショナリズムにすぎないかということの如実な証明である。ＡＡ民族主義などといかがわしい政治的範疇を定立して、インド会議派の紳商とジャングルの奥深くからほとばしりでるコンゴの部族とを一緒くたにしてしまうというようなことは、テレビ・ニュースを眺めただけですでに美学的にちがうと断定できるほどべらぼうな話である。そういう安直な機能主義、機会主義は強烈な Volkstum を抱えこんだナショナリズムにいわせれば、ナショナリズムの名に値いしないナショナリズムということになろう。それはただ自己のエネルギー欠乏を外的状況から埋めあわせようとしているだけであり、新聞紙の上で血わき肉躍るていのVolkstumをもっているにすぎぬ。かくて国際的展望においてはあたかも泥土と熱砂のエネルギーに脱帽しつつあるかにみえる勢力が、国内的局面ではつねに同種のエネルギーを侮蔑し黙殺し、時には最大級の悪罵を用いてその進出を阻止する矛盾がうまれる。

ＡＡ民族主義という本質的に特殊なナショナリズムがあるわけはない。この言葉がわれわれの感性を刺戟するのは、未完結のNationに対してVölkerschaftの比重が高く、そこにヨーロッパのそれと範型を異にするユニークなVolkstumが強烈に存在することによるものであり、われわれの推理を刺戟するのは、この自立的契機としてのVolkstumが擬似統一的契機としてのNationalitätに優位し、ヨーロッパ諸国家と反対にNationalitätを否定的媒介としつつ、Nationの未完結状態を逆用して、完結したNationを経由せずにAnti-Nationに到達する道があるのではなかろうかという問題意識である。もちろん擬似統一的契機の優位のもとにあきらかなナショナリズムの道をたどっているものもあり、きわめて流動的な状態にあるものもあり、これらを一括して、ＡＡ民族主義と呼んだり、平和愛好諸国と呼んだりすることによって、あたかも反帝平和のナショナリズムというものがあるかのようにまじめに考えこむことは馬鹿げている。

だが、開かれたナショナリズムとか人民的民族主義とかいった言葉は、逆説や比喩としてならばあながち無効といえない。なぜなら開化論的進歩主義はつねにVolkstumのもつ意味を評価しえないからである。そのような進歩主義こそがさまざまのパターンを規格化しようとする

Nationalität の上向的表現にほかならないにもかかわらず、これまでわが国のとくに文化のレベルにおける慣用からすれば、national なものとはその実 völkisch なものを意味していた。それゆえにいま民族独立とかＡＡ民族主義とかいった場合、そこにわれわれの Volkstum への漠然たる愛着がオーバーラップしてきて、ナショナリズムがブルジョアの統一運動であるという事実をぼかしてしまうのである。

ところでなぜ Volkstum を問題にするのか。その理由は二つある。第一にそれなくしてある社会の文化は存在様式を失うからである。集団における共通性の自覚を、自立的契機と統一的契機の拮抗関係としてとらえるとき、その固有の土着的な性格を形成する一次的な平面は、外的自然と人間集団との関係のしかたである。いかなる集団原理も発生過程をさかのぼるとき、異質のイデオロギー間に共通する固有の源をみいだすことができる。ギリシアのデモクラシーもアリストクラシーもギリシア的共同体の構成原理という柵をのりこえることはできない。この原理的パターンは上部構造の相対的自立性という統一的契機の雲にのってかなり遠くまで雨をふらすこともできるが、他方ではまさに同じ理由で一つの文明の個性の核にあたる位置を頑強に守りぬく。かかる頑強な「保守性」は当然にこれを溶解し消滅させせようとする「進歩性」と対抗しあうけれども、両者が同位の対立をつづけるかぎり、そこには究極の勝利もなければ敗北もなく、互いに相手の定型と無定型をそれぞれ摂取しながら次元を高めるか、擬制として堕落するかのいずれかの道をたどっていく。

だが文化の存在様式を規定する軸によって切るならば、鉛直下方に沈んでいく土着的な定型の「保守性」がジンテーゼであり、上昇する普遍的な無定型の「進歩性」がアンチテーゼである。それはイデオロギーのいかんにかかわらず否定することのできない法則である。けれどもこの単純な図式をなんらかの価値基準として誤解することは許されない。それは民主主義と呼ばれる社会構成原理のそれぞれの社会に固有な様式すらも規定しているが、様式はついに様式であってそれ以上でもなければ以下でもない。たとえば戦前の農本型ナショナリズムはこの平面でとらえられたVolkstumに重心をおき、戦前の社会ファシスト型のナショナリズムはNationalitätにおいているということができる。本来、様式一般の拒絶とか讃美とかいうことは思想的にまったく無意味であることが自明であるにもかかわらず、人間の心情はそのいずれかに偏倚するというところに、単に民族問題の深い根があるだけでなく、個人の戸籍をもったありとあらゆる思想のまぬかれえない傾向性の源がある。裏を返せば、一つの思想の偉大さを測る尺度は、定型か無定型かという軸に沿ってどれだけの振幅と延長をもった螺旋を描きえたかということにほかならない。

この局面でわれわれがいやおうなしに明快な回答を迫られる問題が三つある。㈠このような問題意識に加担しているかどうか。㈡二つの契機のいずれかに加担しているかどうか。㈢加担しているとすれば、そのいずれであるか。㈠の問に対してノウもしくは回答不能の者は、思想を範型として追いつめて考えたことのない人間であり、すくなくともイデオローグとしての失格を意味する。㈡の問に対して単にノウと答える者は、普遍論理的には正解であるが心理的には誤まっており、イデオロギーの下層部分または潜在部分について思いをめぐらしたことのない客観主義である。また単にイエスと答える者は、普遍論理的には誤まっているが心理的には正解であるところの主観主義である。したがってこの答は単なるイエスとノウを除けば、完全な沈黙から彼の思想の全体を提示しようとする饒舌をふくむあらゆる答がありうる。㈢の問に対しては、芸術上の流派《エコール》の眼をもってイデオロギーを眺めうる者が、自己のイデオロギーの上層または顕在部分と下層または潜在部分を逆説的関係として区分してとらえるときにのみ、答える意味があり、かつまたそれを吟味する資格がある。

いわば文化の存在様式とはイデオロギーの非階級的な側面である。歴史的にも個体的にも、イデオロギーはいかなる非階級的な場から発生し、もっとも階級的な場へ上昇していくか。この過程を考えることなしに民族の問題は解く術がない。そしてこの歴史的個性の論理に含まれる非階級的側面をとりだすのに臆病であることが、かえって様々な形態のナショナリズムをうみだしている。

Volkstum を問題にする第二の理由は、それが思想の重力とでもいうべき特殊な収斂性の別名であって、そこからある階級なり階層なりへの加担すなわち階級意識発生における最初の動機、ついに説明しつくされない個体論理の積分値であるということである。「そこに山があるからだ」といった登山家のように、われわれはそこにあるというよりほかにはどうすることもできない存在との関わりをもっている。母とか故郷とかいったしろもののもつ意味は、われわれがそこから逃亡し絶縁しようとしても、その逃亡や絶縁のスタイルにまで相手の烙印がおされているという救いのなさにある。いわばVolkstumへの意識は自分自身の背中を見ようとする方法意識であり、ほんとにそれをかいまみた者はあまりの醜怪さにおどろいて、他人の背中に共通の醜怪さを探し求めたあげくもちだしているイデーであるかもしれない。「自由とは必然の洞察である」といい、やりきれぬ所与の即自性を抽象化することによってしかのがれるすべはないと主張したエンゲルスにも、この種の苦痛がなかったとはいえまい。

だがVolkstumにおける「血の論理」は、救いのなさこそ救いであるというにひとしいエンゲルスの命題を、なおも一種の仮装による自己救済にすぎぬと断定するような部分においてのみ、エンゲルスの命題の真の実践者となるのだ。ここに新島から送られた一人の学生の報告がある。「しかし、彼ら（オンバアたち――谷川）は政治的にはほとんど不能に近いといって過言ではないでしょう。この場合、ぼくは不能と無能を区別したく思います。反対ということでは、驚くべき固い意志統一を行っている彼らですが、どんな展望をもち、どんな方針の下に闘うかということになると、全く判断できない状態です。……反対派は、社会党や共産党のオルグたちが注入した、平和と反戦のイデオロギーを確かに持ってはいます。しかし、反対の主たる理由はやはり〈土地〉を奪われたくないという所有者意識に基づいているとみなければなりません。だいたい、彼らは権力ということを理解もしないし、感情的にさえほとんど無関心ですから、官僚主義的なやり方に批判的になることもありません。権力というものからへんな歪曲した政治的感覚をもつことは不幸なことかと思いますが、平和と民主主義のお題目をくり返さざるをえない彼らをみていると、もっと暴露をやった方が残酷であっても必要だという考え方をもちます」(『東大新聞』四月十二日号―新島からの手紙・山崎淳)この報告者は状況を自己の部分イデオロギーから勝手な裁断をしようとはせず、問題点をよくつかまえている。しかし彼もまた自己の中間層的Nationalitätからオンバアたちの「必然」を「洞察」している。

彼は何を暴露すべきだというのか。「革命の展望」からオンバアたちの内部にある「所有者意識」を暴露して、彼女たちの政治的不能症を治療しようというのか。それはけっこうなことだ。しかし彼が理解している所有者意識とは一体どんなものであろう。もしそれが近代的小所有者の意識だというなら、それこそが新島闘争を不毛に終らせている認識なのだ。新島の分裂とはまさに所有者意識そのものの分裂を意味する。一人一人が共有の代表者であると共に構成員であるような共同体的所有の観念と個別化された近代的所有の観念のどちらに重点をおくかによって、前者は反対派に、後者は賛成派に二分されたのだ。まず独立・平和・民主主義を、しかるのち……という二段階論者は社会経済的事実の上に立つこの色分けをまともに見つめるならば奇妙な倒錯におちいる筈である。彼らが当面一掃しなければならないと唱えている「非民主的な」「古い」制度とその意識に色濃く染まっている部分が彼らの側に加担しているのだ。また二段階論を批判して近代的な階級分化の完了を説く者は、自分の不能症と小所有者意識をオンバアたちに塗りつけて、「革命の展望」を握りしめているだけのことだ。彼女らの上にある権力が何であろうとも、彼女らは島の分裂を彼女ら自身の所有観念の分裂に対置させて闘っているのである。「あいつら賛成派はいつも上か下かだ。しかしおれたち反対派はこっち半分のおれか、あっち半分のおれか、どこまでいっても勝負のつかないそこのところだ」といおうとしているのである。強烈に疎外されつづけた小共同体のそのまた下層で、Völkerschaft が崩壊しようとしまいと、Volkstum のなまなましい一次的な断面を横へ横へとはっていくよりほかはない彼女たち、一つの Volkstum がうち砕かれても、それにかわるものはまた同質異型の Volkstum でしかない平らな海底のような場にある彼女たち、動いても動かなくても変りはないそこを動くかじっとしているかということだけが、つまり意識の流動に賭けるか定着に賭けるかという抽象の賭博だけがバランスシートをもっている彼女たち――そのまったく階級の力の字もない平面にプレスされている階級の刻印――彼女らのキュヴィスムを読みとることができないで、「民族独立か反独占か」を注入しようとするオルグなんぞ、彼女らにとっては飯をくう不思議な動物にすぎないのである。

もちろんここで私は彼女らを一つの範型として扱っているのであるが、もしいくらかでもましなオルグがいるとすれば、彼女たちと同質異型の Volkstum を自分のうちに探してみて、それがなければ黙々と彼女たちの後尾にしたがうべきであるし、あると信ずるならばざんばら髪に歯の欠けた笑いといった彼女たちの醜悪さと自分のそれとどちらが内圧が高いか競争してみればよいのだ。もしいくらかでもましなイデオローグがいるとすれば、かかる同質異型の Volkstum の競争を同型異質のイデオロギーの対立に組み変えることによって、彼女たちのうちに平面化されている現実の構造を思想的な立体に復元再生しようとつとめるであろう。もしいくらかでもましな芸術家がいるとすれば、彼女たちとオルグとイデオローグの三者の間にある函数関係を形象化するというモティーフの上にさまざまな主題を見いだすだろう。もはや支配と被支配の対応関係としてはどのような意味があるのかわからないまでに圧しつぶされ、分解せざるをえなくなったvölkisch なエネルギーのせめぎあいが前プロレタリアの下層にはじまり、それが下層プロレタリアの内部へ移行する過程で、その社会の文化的様式を規定し、階級性の固有の相貌を決定する根性——Volkstum は断じて下部構造のちょっとした変化につれて七面鳥のとさかのように動揺するものではなく、上部構造のうちでもっとも頑強な部分である。この頑強さを解析していくことなしに、中間層の量的比重や意識の質が少々変ったからといって眼の色変えてさわぐのを高尚な戦術論と錯覚してはならぬ。もっとも閉鎖的な根性と根性をたたきつけあって見ようともしないインターナショナリズムはすべてナショナリズムの変種であり、そのような半開きの民族独立も構造改革も世界革命もことごとく私はごめんこうむりたい。

（一九六一年六月号「思想」）

不可視の党のために

スターリン風のスターリン批判

自分のなかから党をつくりだすという問題を考えねばならない。党とは何か、加担するとはどういうことかを、そもそも端初からつきとめようとしているか否かが、今日における「党派性」の分岐点である。この岐路を無視して、「やはり前衛党は必要だ」などと百万遍くりかえしてもむだである。そんなことはちっぽけなストライキ一つやってみれば、痛いほどわかる。だからこそ、しょうがない党はしょうがないのであって、闘う者はこの始点に立ち返る勇気をいつも持っているはずである。

したがって、いま自分が社会の表層にうかびあがっている組織のどれかに加担していることと、党派性というものとはまったく別な次元である。これらの組織が根ざしている深層というものを検証するのに、現在それほど苦労のいる時代ではない。分りよすぎて深読みする危険をちょっぴり警戒するだけで充分である。党派性はいま表層としての無党派のなかにしかないのだ。しかし、無党派でありさえすれば党派性の問題を追及するのに充分な条件があるとはもちろんいえない。党がなければ一切が潰滅すると考えている原始種族はともかくとして、社会が党という観念を既成のスタイルで経験してしまったいまでは、どんな無党派人にも党に関するタブラ・ラサはありえない。ありえないがゆえに、ここに二つの危険がある。一つはあたかも自分が完全な白紙のごとく装おう危険であり、一つはあたかも完全な党派人を仮定しうるかのごとく装おう危険である。そこから無党派人の独特の臭気がうまれる。つまり彼のなかでは、カマトトぶりと大通ぶりをつごうよく統括する後天的な中枢神経が発達するのだ。ところで、自分がすみからすみまで黒々と党派性によって塗りつぶされている人間を仮定しうると考えている党派人もまた同じカマトトと通人のシャム双生児なのである。党をめぐる論戦がなぜ何十年経っても、同じたあいなさをくりかえすのかを考えれば、原因はそこにあるとしか思えない。片方がカマトト・スタイルで攻撃すれば、他方がクロウト・スタイルで答える。その裏返しのくりかえしでは、絶対に動くはずのないところに党の問題はある。

無党派カマトトへの党派クロウトの答。「あなたがたはほんとうの内部をご存じないのだ。」無党派クロウトには党派カマトトいわく。「いま不充分だからといって、それを責めすぎないでください。」少数・党派カマトトへ多数・党派クロウト。「きみたちは××主義のいろはも知らないのだ。」少数・党派クロウトへ多数・党派カマトト。「だがこれは全世界の××党が公認しているのだ。」つぎは無党派の答える番だ。「あなたがたは人民というものの内部をご存じない。」「そのうちにはどうにか変るかもしれませんよ。だがいまはね。」「私も相当にあの主義は研究したさ。」「何てったって、私は党員じゃないんだから。」

この八種類の教義問答のどこにも、党に関する真に内的な態度はない。「職革」などという言葉を使う人間は、食客にはなるかもしれないが、とうてい触角にもなれっこないのは火を見るよりも明らかである。革命とは、いうまでもないがシロウトの問題なのである。したがって、私はシロウトだからという言いのがれもありえない。レーニンが職業革命家の意義を力説したって？そりゃあんた百戦練磨のシロウトが要るといったんですよ。草深い辺境にも工場の隅にも、半シロだか半クロだかわからないやつがごろごろしているときに、「英明なる指導者」という名の大通人を待望してみても何になろう。彼はシャチの群に襲われた鯨のようにズタズタにされてしまうにきまっている。単数のマルクスや単数のレーニンはもはや出現しない。出現させない工夫が必要なのである。マルクス・レーニン主義党といった呼称もやめた方がよい。

こんな個人主義的呼称をはじめたのはスターリンだかトロツキーだか知らないが、この両人を一刀両断しようとすれば、まず両人ともにつきまとっている「職革」臭をあげなければならない。スターリンはクロウトにあこがれるシロウトであり、トロツキーはシロウトにあこがれるクロウトといったおもむきのちがいはあるにせよ、かれらはいずれもマルクスがずぶのシロウトとして経済学に、レーニンがおなじく哲学にふみこんでいったその水際で、クロウトの運動者としてとどまろうとした。このなんとなくだるい感じで領界を守ろうとするもっとも一般的な職業病、クロウト病は、職業革命家においては純粋結晶のようにあらわれる頽廃の第一段階であって、どんな革命家も罹らずにはすまない陰鬱で周期的ですらある独特のマラリアであるが、初期の革命家たちは、ほとんどの者がほどこす術もなく、この病気に倒れ、そのうちの幾分かは正直な告白をのこした。

おそらくスターリンは、この種のマラリアには比較的に強い自然の抵抗力をもっていたようにみえる。それゆえに一度侵されたら、病もまた頑強であったろうが、それはまた革命の成功によって蔽われもした。彼が言語学を論じたりした動機は、私たちが夕刊の囲碁欄を読むのとあまり変りはないと思うけれども、そこには自分を変質せしめようとすることなくひたすら自己の知性の支配領域を広げたがる貪欲さがある。それは自分の日常性をそのままで権力に化身させようとする直線的な願望であり、防衛心理のうらがえしでしかない。彼が半シロ・半クロたるゆえんである。

そこまでは凡百のスターリン論が容易に到達しているところであるが、しかし彼の病をクロウト憧憬病と診断して、彼の個体としての内面分析を中止し、あとはスターリンの政策批判を行えば、いわゆるスターリニズムを克服する処方箋はみつかるであろうか。私にはさっぱりそうは思えない。彼の個体をあくまで分析し、それとの照応関係を体制の表層の方にではなく、社会経済の深層の方に求めていってみなければ、つまりどんなシロウトにもある問題としてとらえなければ、和製スターリンが和製ヒトラーと握手したり、和製トロツキーとなぐりあったりしている現状を打開する道具にはならない。この考え方には一つの前提がある。擬制がいつのまにか自称真制にすりかわるのは見た目には喜劇であるけれども、その転位が行われる地点は、すばらしい個人であれ、つまらない組織であれ、異様に深い奈落の底にかぎられるということである。スターリンが偉大であるか凡庸であるかに関わりなく、そのドラマの主題を単なる権勢欲の次元にとどめるようでは、反スターリニズムなどとはいわない方がましである。

かつてある人への手紙に書いたことがある。もしスターリンがコーカサス山脈のふもとで靴工にでもなっていたら、彼はホメロスのようなあごひげを垂らして詩を作ったかもしれない、と。それは彼への批判がはじまったばかりのときであった。彼がみずから靴を作る趣味の持主だったことをどこで読んだのか忘れてしまったが、その習癖を知った私は突然、彼の風貌や伝記的生涯や著述のどこにもひそんでいる染色体を理解した。歴史のどぎつい照明を浴びつづけている彼のごとき被写体の輝部と暗点は視る者の網膜の表面でたやすくうらがえしになるという現象を利用して、さりげない日常的な特徴からその骨髄に迫ろうとするのは、いかにもありふれた手口である。しかし私は「クレオパトラの鼻」に類する逆説を弄して、日常性のしつこい優位を唱えようとしたのではない。カロッサ風のタイトルでいえば、そこに「指導と信従」の息苦しいまでに緊張した関係への入口があると思ったのである。

靴屋スターリン。それはトルストイの「人は何で生きるか」に出てくる気のよい靴屋ではないが、たとえば「町から七キロ、田園のあちこちに散在している七百の魂の住む部落、鐘楼のない教会とそのまわりに居酒屋が五、六軒といった村、これはきっと孤独のかたまりのように見えるかもしれない。しかしそういう考えは、蹄鉄工や車大工、タバコ屋、肉屋、墓掘人、八百屋などが、ここで暮しているのを知らないところからくるのだ」(ルネ・ギイ・カドウ『非メタフィジック詩論』)の蹄鉄工や車大工にはいくらか似ている気がする。蹄鉄工にふさわしい人間が新世界の指導者になるのは、クロウト礼賛者には腹にすえかねることかもしれないが、反徒の群のなかにある鍛冶屋をいささか組合機関紙のカットのように観念的なたくましさを添えて歌ったりしたランボオなんかは喝采したにちがいない。だからレーニンの遺言からスターリンは「粗野」だといっている、そのところをクロウト主義的にぬきとれば、指導者蹄鉄工の孤独なんか微々たる意味しかないことになる。粗野というからにはレーニンも相当にスターリンをもてあましたはずだが、それは今日の民主主義、民主主義で半生を暮すデカンショ紳士たちとはちがった方角から批評したのだと考えなければ、つじつまが合わない。いったいスターリンのどこがレーニンにとって「粗野」だったのだろうか。

私の想定では、そこにスターリンの詩人気質という問題が出てくるのである。かといって、彼が上等の、書かざる詩人だったというのではない。「わが党の山鷲」レーニンだの、「ロシア革命という馬車」だの、「民衆運動の河」だのといったぐあいに、彼の修辞法はかなり大時代で牧歌的であるけれども、しかし彼はもともとボヘミアンではない性質だから、粗野という形容詞にはなにがしの註釈を必要とする。むしろ靴作りがそうであるように、パターンにあわせて左右相称の均衡ある実用品をこしらえ、それになにがしかの象徴性を帯びさせることにひかれる性格なのだ。レーニンが粗野と形容したのは、おそらく靴作りと革命運動を直流させてしまう部分に向って放たれたのであろう。それはシロウトのあさましさではなく、クロウトじみてくればくるほど微妙な影響を及ぼさずにはおかない因子なのである。

パターン好みにも色々ある。パターンの実用性を尊ぶ立場にも、意味論的側面（記号の意味化過程）と記号論的側面（意味の記号化過程）のどちらに重点をかけるかでちがいが生まれるし、象徴性をすてかねる立場にも、倫理意識と美意識のそれぞれのからみあいがある。スターリンの美意識はほとんど固定している。それは革命後しばらくしてソ連がビザンチン風の世界に逆もどりしたと批評したトーマス・マンの見解が妥当する領域である。レーニンはさっぱりわからないといっていたらしいマヤコーフスキーを、彼がソヴィエト時代の最高の詩人と評価した正味のところには、マヤコーフスキーの作品にかすかな匂っているオリエント建築のおもむきに彼の嗅覚が鋭敏にはたらいたという事情があるかもしれない。

美意識を固定すれば、倫理意識は一般的な意味で強くなる。そして倫理意識もまたかならず定式への指向をもつ。スターリンの文体がもつ特徴は、局所的な定式に関する異常な執着である。彼の演説はずさんで通俗であるが、それは定式化を断念せざるをえなかったときの彼の精神の裏目であろう。これに反して、「弁証法的唯物論はマルクス・レーニン主義党の世界観である」といった、発生順序を逆さまにすることによって倒錯的に党派性を強めようとする断言命題からはじまる『弁証法的唯物論と史的唯物論』や、全篇が護教的命題で埋められている『レーニン主義の基礎』など、彼の代表的著述のなかにほとんど結晶欲ともいうべき定式への情熱をみつけるのはすこしもむつかしいことではない。彼がジノヴィエフに対抗して、「党の独裁」ではなくて「プロレタリアートの独裁」だということを証明するために、レーニンが「党の独裁」という言葉を使っているのは全労作を通じて五回しかないと数えあげ、その用語法が公式のものではないと主張するあたりは、さながら公教要理の講釈であり、レーニンの死の直後に第二回全同盟ソヴィエト大会で行ったかの「誓い」は、まるで祈禱文そっくりである。彼の定式への収斂は、その記号論的段階から意味論をできるだけ簡単にはしょって一挙に象徴的な使用法に到達する。

言葉や定式のこのような使用法は、科学の立場からみればもちろん、錬金術にひとしい一種のペテンである。だがスターリンがペテン師であったというのは、どのような意味においてであるか。かかる使用法は、いかなる場合にも許されないものであるか。たとえば私がいまスターリンに関して試みているような問題提出の過程そのものが、ことがらの深層から見るときは同一の方法といえるのではないか。ただ彼はそこで告白を恐れたのではないか。彼をして告白する勇気を生涯与えることなく、収斂していないものを収斂しているかのごとく見せかけざるをえなかった原因は何であるか。

これらの疑問を一つ一つ解いていかなければ、私たちはしょせんスターリンなきスターリニズム批判に終らざるを得ない。そしてこのようにして得られたスターリニズム批判は、スターリニズムの核心である町や村の熊公、八公の問題とはついに関係を結びえないのだ。ところがスターリニズムという用語にはすでにある種の慣用が附着しはじめている。一つは権力を人民がにぎった、あるいはほとんどにぎったに近い状況のなかから発生した独特の官僚主義という定義であり、もう一つはソヴィエトが実体として生きていない「社会主義」体制を総称してスターリニズムとみなすという定義である。そのいずれも、批判を社会の表層部分に集中させる姿勢で、スターリンの政治的行為をあれこれと論議する結果、みずから最初の出発点をうらぎり、ごく一般的な官僚主義批判と内容において選ぶところのない稀薄な思想に到達する。スターリンの強みは、不用意に彼を批判していくと、批判者自身が弱々しいリベラリストになるか、あるいは批判の対象よりも教条的な超スターリニストになってしまうという点にある。このような対象は体制的側面を批判する前に思想的側面の重さをきっかりと測定しておかねばならない。官僚主義を批判して無内容になることくらい官僚的な行為はないからである。

官僚主義というものを額面通りに受けとれば、定式の冷やかな記号論的、機能主義的運用に重点があるはずだが、スターリンの官僚主義は定式をうみだしていく過程そのもののなかにふくまれる一種の熱っぽい態度によって規定されている。定式と定式の間に、それに反逆する美意識でおし分けられたすきまがない。ふつうの官僚主義を結晶させて得られるのは、定式は完璧な手段であるという命題だが、彼のばあい、定式は自己目的なのだ。彼は定式と具体的なものが一滴のロスもなく交通しあうことを求める。「われわれ共産主義者は——特別な型の人間である。われわれは特殊な材料でつくられている。」「共産主義者は水晶のように純粋で透明でなければならない。」これは熱い官僚主義といえるかもしれない。だが、そういうありふれた概念からもう一枚皮をはがねば、かえって普遍化を妨げるものがそこにある。

私の見るところでは、スターリンの個体が受けとめねばならなかった内的なドラマの主題は三つある。

一つは特殊な位置にある非創造者の問題である。ある偉大な創造的人物のかたわらで、その創造的行為になにがしか参与しつつ、やがてその人物の死後を継承しなければならなくなった人間は、先行者の光栄をますます磨きあげる努力のなかにおのれの独自性を全部たたきこまねばならなくなる。もはや二度と自分の見解を註釈してみせたり、修正したりしなくなった死者の軌跡からすべてを判断して自分を正当化するよりほかない立場に追いこまれることが、どれほど思想のパターン化を強めるか。すべての教祖はすくなくとも一人の、このような種類の犠牲者をもつ。それはマルクスの弟、老エンゲルスにたいしてすら見舞わずにはおかなかった、ぶきみな水圧なのである。

二つは反体制運動の勝利した時点における、指導者の非ポリス的側面がもつ問題である。スターリンの官僚主義は、彼のなかのポリス的人間によってうみだされたのではなくて、その反面にある純粋主義的な定式化、結晶化への情熱によってかもしだされたものである。革命は論理だけでなくポエジイの伝承を必要とする。マルクス、エンゲルスからレーニンにひきわたされたポエジイを、レーニンは可能なかぎりの散文的スタイルで受けとめた。ローザ・ルクセンブルグと対比すれば、このことはよく分る。そして両者のこの態度のちがいは、ロシア革命とドイツ革命の結末にかなりの影響を与えたと思われる。だがレーニンによっていささか現実主義的なひねりを与えられたポエジイは、その後スターリンの小乗的アイディアリズムとトロツキーの大乗的アイディアリズムの間をゆれうごくことによって、ひねりをもどそうとした。そこで必要になる微妙なタクティクッスについては、晩年のレーニンも相当に心を痛めていた形跡はあるが、むろん充分とはいえなかった。そして自分がいなくなったばあい、素朴一元論の段階にある労働者は密教的精神の方に手をあげるだろうという推定を下しているにもかかわらず、それをどうすることもできないところに、今日までの革命運動の創造者につきまとう悲劇がある。「私はマルクス主義者ではない」といったマルクスの言葉は、見ようによってはマルクスが吐いた言葉のなかでもっとも悲痛な感懐なのである。ではスターリンは「私はスターリン主義者ではない」といいえたか。いうことができるのは、彼が自分のなかのポリス的人間を非ポリス的人間に従属させるというたてまえをとって、革命のポエジイを伝承するためにいま政治的に強烈に機能している非ポリス的人間の倒錯を改めたとき、すなわち彼が「隠退」したばあいだけである。たぶんスターリンもせめて言葉の上でなりと「私はスターリン主義者ではない」といってみたかったであろう。だがそれは創造者だけに許される特権なのである。その証拠に彼も「平和の旗手」だとか何だとか、いろいろ呼称に気を使っている。しかし、せいぜいふんばってみても「マルクス・エンゲルス・レーニン・スターリン主義」などとやけに長ったらしい名前しか出てこなかったのである。

三つは指導者の戸籍と知性の貫徹方向という問題である。蹄鉄工や車大工の同類としてのスターリンは、トロツキーよりも、そしておそらくはレーニンよりも泥くさい物質の手ざわりを知っていたと思う。そして農民や筋肉労働者よりは無機的な物質を支配するための技術と技術感覚をもっていた。彼の定式と定式のすきまには、よく見ると肥杓一ぱいの水やショベル一ぱいの石炭で湯加減、火加減をきめる村の手工業者の感受性がある。デリカシイで勝負をするこの種の人間が「近代的大産業プロレタリアート」を指導しようとする際におこる組織感覚のずれを、彼は用心深く定式の網の目で補おうとした。けれどもそうすればするほど、定式化しえない部分はしつように弾ねかえってくる。そこでますます定式にしがみつくという関係は、現在の日本の労働組合幹部が党派のいかんにかかわらずに抱いている統制への願望と照応している。この統制への願望を容認または鼓舞する者がわが国の政党幹部としての資格審査をパスするわけで、現実には運動の大半を実体的に労働組合におんぶされながら政党の指導性を力説しても、幹部の座からひきずりおろされずにすむのは、指導と統制の区別に気づくことすらない組合幹部のこの願望に、指導性の強調が聖油を注いでくれるからである。無数のスターリニストたちがスターリンの小乗的観念論を冷静に利用して彼との共犯関係への道を進んだのは、彼によって出身階層までひきずりだしてそれが規定する自己の知性の暗部をあばかれる危険がないと見てとったからであろう。労働者、農民のなかの中間層の精神を、いかにしてその小生産者的思考スタイルから解放するか

――ここにまた革命の難関の一つがあるのだが、スターリンはこの点になるとイデオロギーの規準を離れて、自己防衛の姿勢に終始した。「社会ファシスト論」、国民党との提携やミュンヘン協定など彼の動揺の根にあったものは、単に一国社会主義の擁護という政治テーゼだけではない。これらの事実はしつようきわまりない存在の自己主張に、彼の知性が拮抗しえない地点がどこにあったかを示す症例でもあると考えられる。

以上あげた三つの問題はいずれも革命の第一世代から第二世代に移ってゆくときの過渡的状況とするどく関係しており、現在のソ連社会への認識のいかんにかかわらず、革命には「革命後」という新しい、錯綜した問題群のあることが知らされる。もしわれわれがアナーキーにおちいるまいとすれば、権力獲得の後に必然に起こってくる問題群をその深部から解決していく準備が、革命以前の段階ですでに基本的に追求されておらなければならない。それは取越苦労ではなくて、それが勝利の質を決めるのである

個人としてのスターリンのつまずきは、まず彼が総指揮官の後継者としては不適格であることを自覚しなかったばかりか、自分の非ポリス的側面を政治的に強烈に機能させるような倒錯を演じ、ついには党派性と個体の傾向性とをとりちがえるにいたったことにある。最初にもどるならば、かくして党とは何か、党への加担とはいかなる思想的意味を指すのかという主題はことごとく統制主義的に定式化され、凝結した。レーニンがきわめてリアルな限定のもとに提出した民主集中論は、彼によって一箇の純粋倫理となり、その純粋主義への抵抗はことごとく階級的犯罪と

みなされ、それゆえに彼はかかる「犯罪」の非妥協的な摘発者としてならば、どんな行為も許されることになり、彼自身が最高の犯罪者になるという逆説の沼にはまりこんだ。

悲劇を、その時点では人間がどうすることもできない壁と人間的諸力との葛藤と規定したばあい、スターリン個人のドラマはあきらかに喜劇である。だがそのスターリンを主役として展開されたソ連社会の無数の劇的状況は果して悲劇であったのか、喜劇であったのか。世界はいまからこの謎をゆっくりと解いていくであろう。すでに諸方面からはじめられているこの作業のうち、スターリン個人については喜劇だからといって根の浅いものではないことを覚悟する必要がある。

スターリンは党派性の根源を見あやまったのだ。彼は党派性が個体の傾向性によつては決して蔽いつくされないものであることを知りながら、党のもつ求心性と彼個人のもつ求心性がまた波長を一にする特殊な時流に乗って、彼の個性のもつアクセントが党のアクセントでなければならないと主張した。しかも自己主張は、フルシチョフのいうようにソヴィエト法秩序の明確なじゅうりんという形よりも、むしろ成文法の背後にかくれている経験則、技術的なカン、感覚の慣性などを総動員するという形で貫徹されたのである。したがって、これら意識の深層で発生している矛盾が組織の表層で爆発しないようなプロレタリア民主主義のフィード・バック装置という成文法上の考慮はもちろん必要であるが、それだけでは単なる補正でしかない。意識の表層と、それよりも比較にならない広大な領域をもつ深層との交流は、決して等式交換を行うのでないという事実に立てば、深層のどんずまりに根をおろし、そこからそびえ立っている党を当然のものとして受けとめ、水面上の党いじりよりも、深海での作業に力点を置くべきである。

では水面下の深部における党とは何であるか。スターリンもまたしばしば深部について語った。しかし彼の深部論は、資本主義下では分裂、社会主義下では統一という予定調和説から一歩も出ていない。せいぜい社会主義リアリズム論にみられるように、非ポリス的領域では形式的にエコールを容認し、ポリス的領域でのエコール絶対否認をそれによって強化することでしかなかった。この態度は、党派性が深層では分裂し、表層では一致するというある意味では正しい規定に接近しているが、しかし承認されているのはあくまで非ポリス的領域だけに限られている。この点に関して、問題をポリス的領域にまで拡げたのは「社会主義への多様な道」という提起であった。スターリン批判と時を同じくしてそれが起こったのは理由のないことではない。だがここで承認されているのは形態と本質の区別というきわめて単純な概念であり、それはもはや歴史現象の追認でしかない。にもかかわらず過程の多様さが公認されれば、そこにふくまれる党派性のアクセントの多様さが噴出するのは当然であって、そこからいわゆる「兄弟党」相互間の論戦も発生せざるをえない。世界観としての単一性とエコールとしての多様性をどこで統一するかについて、いたずらに表層をなでまわしているために、正当なフィード・バックか修正主義かという論戦がはてしなくつづくのである。

マルクスは自己の認識体系の冒頭に商品生産をめぐる価値の分裂と、それに照応する労働の分裂を置いた。大ざっぱな言い方をすれば、彼は労働主体の価値観そのものがすくなくともその半球において分裂せざるをえないことを宣言したことになるのである。問題はその分裂をどのような場のどのような位相においてとらえるかである。ことはまず、『資本論』における価値論を分業主義的に経済学プロパーの分野に局限し、つぎにそれを全分野に単純拡大するという経済学スターリニズムを疑うことから出発しなければならないが、ここでは単に——資本と労働の分裂によってもたらされた価値の分裂が、労働主体の価値観のなかに反映し、定着するときのある種の問題を指摘するにとどめる。

多くの者が指摘するように、価値の分裂線に沿って階級階層のそれぞれの価値観があり、そこに前代の階級階層の価値観がオーヴァラップする。これらの複合された価値観は、人間意識の球体のなかで仮設的に交換され、仮設的に使用される。仮設的な交換と仮設的な使用によって、思想は普遍化される。しかしこの普遍化は、思想が平均化され、凹凸のないのっぺらぼうになっていく傾向をうむとともに、使用過程はもちろん交換過程にさえふくまれる個性的な方法——ある慣性の型としての交換形態——を何万回となく反覆することによって価値観の個性的な、使用価値的な側面をより高次の次元におしあげる。したがって交換形態の特殊化をぬきにした交換価値の普遍化などはありえない。にもかかわらず、この交換形態の特殊化にアクセントをおかず、むしろ交換価値の普遍的性格に重点をおく傾向と、その逆の現象とは、交換形態を交換する際にかならず顕在化してくる。価値の分裂の型は、価値観の交換過程を交換する営為のなかにまでつらぬかれる。

そしてこの分裂は、さまざまな価値観を中間的に複合している階級階層にくらべるとき、労働者階級の下層がもつ意識の深部にもっとも明確にあらわれる。労働者階級を物質的な基盤から見るならもっとも団結しやすい部分であるが、意識的な基盤から見るならもっとも団結しにくい部分であり、そのゆえにこの分裂線のもつ意味が理解されるとき、団結は相乗的に高まるのである。労働者の意識には基本的なエコールの対立がある。それは価値観の交換にともなうアクセントの対立である。

価値観の交換形態における使用価値的アクセントと交換価値的アクセントの分裂は、労働者、わけても下層労働者が日常のあらゆる事象に反応する際に複雑ではあるがはっきりした形象をもってあらわれる。彼が対象に密着するか、断絶するか、定着を正義とみなすか、流動を快楽とするか、いわば認識の重力性ともいうべき下方の深部への到達に賭けるか、それへの抵抗に賭けるか——といった問題は、彼の日常を支配してやまないドラマの背骨であるが、それ自体としては解決の基準をみいだすことのできない閉じられた場である。しかもその一人の人間のなかに閉じられた球体をたやすく開放することを最大の悪と感じるところに、労働者意識の自然成長的な限界と戦闘性が同時に存在する。

党派性の根源は、労働主体の価値観が本能的ともいえる初発の次元からより高次に形成されていく過程に必然的に見られるエコール的な現象に対する認識のなかにある。すなわち党派性とは、まず第一にこのような価値観の分裂を折衷的に統一しようとすることなく分裂を分裂としたまま労働主体との内的関連において整序しようとする決意であり、第二にこの分裂は、価値の分裂の止揚によってはじめて解決を与えられるという知見であり、第三にしかし、この分裂は未来社会にもおそろしく長期にひきつがれるであろうという洞察である。さらに第四、第五の基準がありうるだろうが、次のようなことをつけ加えておく必要がある。――すべての人間が好むと好まざるとにかかわらず、もたざるをえない価値観のアクセントの特殊性は、それが労働主体の必然の分裂に照応して正確に転位せしめられるならば、それは党派性の基準とは無縁になる。そして特殊化された交換形態をより高次のものへみちびくことによってのみ、主体は党派性の立体像をよりよく透視することができるということである。

党とは、必然の分裂を正確に対象化することによってはじめて可能になるところの統一である。この分裂を不可避的に内封している点においては英雄も闘士も凡人もさらに区別はない。この真実を了解するために、不在の党の水面下の不可視の部分を凝視すべきである。わずかにこのことをいいたかった。

（一九六一年一二月「試行」第二号）

民主集中制の対極を

多数決の原理を煮つめていくと、民主集中制の原則にたどりつく。個人は組織に、少数は多数に、下級は上級に従うというあれはしかし、闘争の論理の客体化ではありえても、その主体化ではない。だから民主集中制が主体ぬきに制度化されるとき、今日のごとき思想状況が必然にあらわれてこないわけにはいかない。

三池のホッパー前で筑豊の坑夫たちがつまずいたのはまさにこの問題であった。したがってそこでの敗北は単に指導部に責任を負わせればすむというものではなく、指導部を弾劾する自分たちの論理を徹底的に主体化することから追求されねばならなかった。すなわちインチキの民主集中制の上にあぐらをかく大衆組織に沿って、それに対置される異なる原理に立つ組織、主体の論理を組織の次元に対象化する特別な大衆組織を必要とした。

それは自立のための組織でなければならなかった。自立とはいずれ「他立」するための便宜的な手段ではなく、それを自己目的とすることである。労働者階級の自己解放運動が自立の衝動を組織論として進められたことがこれまでの日本に一度でもあったろうか。ない。ないという自覚の上に立って、イデオロギーのいかんにかかわらず、徹底的な自立をめざせばどうなるか。

それが大正行動隊の出発点であった。それはイデオロギーと異なる軸、永久に完結しない自立という軸を主要な柱として採用した。全国津々浦々に「自立した」小組織が続発しているというような認識ではどうしようもない。組織形態論としてとらえられた自立、展望をもたなければ動こうとしない自立、どうすれば自立できるかと他人に問うことからはじまる自立なんてものじゃ、自立という言葉が泣くのである。

自立を思想内容としてとらえれば、それはいかなる範疇にも属さない、名づけることのできない存在に自分がなろうとする決意の問題である。他のあらゆる個人、集団に同一化されない、自分以外の世界のすべてにヒジ鉄を加える精神である。

そしてこのような集団は、形骸化された民主集中制、統一と団結論に敵対する。したがってそれは次のような集団原理をうみだす。

成員の所属は登録制ではない。みずからが全力をこめてその組織に属すると自覚し、または自称するときの自己認識だけがそれを規定する。面白いことを、まさにそれのみをやらなければならない。反対であるのにしぶしぶ実行することは許されない。そのときは実行しないことが彼の義務である。一定以上の人間が集まらねば会議を流すということは許されない。集まった者はすべての問題を決定することができる。批判は時と場所を選ばず自由。批判の手続きなんてものは認めない。決定的な集団行動の瞬間には、拒否権に代表者を設定すること。

こうして民主集中制を完全に裏がえせば、深い根源からの民主と集中を可能にするシステムを設定することができる。だがその機構をして機構たらしめるエネルギーは何か。それはすべての階級矛盾を隣りで働らいているいけすかない野郎のふっきれない言動としてとらえる、地下足袋的水準の労働者のせりあいである。この突っ放しあいを対象化しようとした組織が大正行動隊である。それがなぜ、悪名をほしいままにしなければならなかったか。——問題はコミュニズムかアナーキズムかというような十字路にはない。

(一九六一年一一月二七日「日本読書新聞」)

越境された労働運動

　この三ヵ月間というもの、九州で報道される現地の労働運動といえば、新日本窒素水俣と大正鉱業の両闘争にかぎられている観がある。今年に入ってから八幡製鉄では数万人の下請労働者が首を切られたと推定されるが、そこではただ一つの争議すら起りえなかった。ことほどさようにストライキがめったに見られない珍品と化しつつある現在、この南九州と北九州のそれぞれの地域的特色を集約している二つの闘争に、はからずも現出したある一致点について注意をひいておきたい。

　というのは安保ブンドの鐘の声が諸行無常とひびくにつれ、さまざまな政治思想の破産をにぎやかに宣告したり、されたりした階級闘争の「大通」たちが、いまや平家物語まがいの美学や形而上学をうなるくらいで、労働運動のロの字もいわなくなったことに若干の皮肉をこめているのである。

いや、おれんちの機関紙をみろ、労働運動の方針がいっぱい書いてあるぜ——というようなことを恥ずかしげもなく口走る連中にたいしてまず質問しよう。おまえさんとこの方針は第二組合を認めているかね、それも戦闘的第二組合というやつを。

口をもぐもぐさせずに答えてほしいものである。私が一致点というのはそれなのだ。大正闘争のそれについてはすでに書いた。炭労の方針に反対して退職し、退職者同盟を組織し、それが労組として公認され、争議権を行使して職場を占領し、十月九日現在にいたるもなお生産を完全にストップさせつづけている。

ところで三池闘争の縮刷版といわれる新日窒水俣では、どんなぐあいにそれが発生したか。炭労オルグの大量応援を得て張られたピケラインを、指導部は簡単に明け渡した。第二組合がゆうゆうと就労するようになって、原料、製品の運搬を担当する下請の扇興運輸労組は、第二組合＝会社の支持を決定した。ところがその方針に反対する部分は、それから離脱して新しい労組を結成し、新日窒第一組合と行をともにするにいたった。結成いらい組合員の数は増加し、右翼的第一組合と拮抗している。

第二組合の就労は許しても会社の思惑どおりに生産量は上らないから、「生産点における闘い」に粘れば勝つとか、十月中旬が決戦ヤマ場であるとか、合化労連のへっぴり腰の指導下にとどまっている限界はあるが、これもやはり戦闘的第二組合の一種にちがいはない。

だが全国組織だの何々主義の正統だのを自称している手合いは、あるいは大正にたいするごとく眉をしかめ、あるいは水俣にたいするごとく相好をくずし、変幻常なきカメレオンと化しつつも、決してこのような現象に原理的判断をもとうとはしないのである。かれらは大正のそれが坑夫のなかにおける炭労信仰とでもいうべき肉体化された組織主義をしつように裏がえしていったあげくに得られた剝離であることも、また水俣のそれが本工にたいする下請常傭工の、下請常傭工にたいする下請臨時工の断絶感が折り重なったあげくにたどりついた癒着であることもかえりみないで、危険地帯の境い目をあいまいにしてしまうことで労働者がその領界突破を自覚するのを妨害している。

けれども戦闘的第二組合とは、これまでやる気のある労働者が何度か夢みては抑圧させられてきた悲願の対象化であってその衝動にとにもかくにも出口があたえられたということは、労働運動の範疇を越えて、全思想領域にまで震動をおよぼさずにはやまない事実である。ことがらは一見平凡にみえる。政治思想の上ではすでに断罪された統一団結論理の破滅が大衆運動の次元にまで降りていったただけのことであるように感じられる。

しかし何人もまだその思想的判決をこのような組織形態の必要性という形へみちびくことにためらっているとき、事実は大衆の手で萌芽的に顕現せしめられ、それは早くも合化労連、炭労、という二大産別の統制主義を自壊させるほどの意味を示している。すなわち戦後労働運動は南九州と北九州の微視的な二地点でついに原理の越境を敢行したのである。

もし海員、全繊などの全労傘下の企業で、また官公労はじめ総評傘下の経営で、水俣型の、あるいは大正型の第二組合が簇生すると仮定したら、そのときあなたは第一と第二のいずれか一方へのためらうことなき原理的加担を断言しうるか。私にとって、今日の思想を大ざっぱにわかつ前提はほぼそのような設問の姿をとっている。そこで食いちがうやつは問題外の外というわけである。そして保証書つきでいうが、現在の政治前衛どもはあらんかぎりの手練手管をろうして白でもなければ黒でもない、灰色だというにきまっている。おそらく知識人の大方もチャコール・グレイだかロマンス・グレイだかの頭巾をかぶって渋好みを自称するにちがいあるまい。

結局はそのほうがいい。フランス人がアルジェリア戦争のための徴兵を忌避するか、軍隊の内部で闘うかのちがいは、アルジェリア人自身にとってはたいした問題ではない。その両極からはみだしたところにアルジェリア人の沙漠があるのだから。

戦闘的第二組合の本質的な意味は原理Aが原理Bにとってかわられるところにはない。それは第二、第三、第四……第N組合とつづく無限の分裂を自明の日常事として予定し、この越境の原理で原理一般を越境していくところにある。これまでの運動の定石が葬むり去ったすべての偏向を、そこでは新しい位置に蘇生させることが可能である。

それゆえに戦闘的第二組合はそれ自身が目的化され、一般原理化されるならば、たちまち卑少な死骸となるであろう。今日すでに労働組合なんてものは存在しないといってよいほどの状況であることは、八幡製鉄の下請労組が例外なく首切り機関であることを証明した事実からいっても容易に肯定しうるが、しかしその労働組合の不在という一般性から直ちに戦闘的第二組合をひきだそうとする者は、かならずこの論理的矛盾によって復讐されるであろう。かくするよりほかにはどうしようもない必至の事態を媒介にしない戦闘性というものは信じるわけにいかない。

さて、今日の労働者があらゆる原理的思考に逆らって越境せざるをえない必至の事態を、一つの戦術次元に煮つめていけば、それはどんな姿をもっているだろうか。私には簡単なことのように思われる。ストライキをうつ。先方がロックアウトをする。右翼的第二組合ができる。就労しようとする。ピケで対抗する。仮処分が出る。警官隊とにらみあう。そこでどうするか——どんな戦略論をぶとうと、三池をはじめとして目下の闘争のつきあたりはこうなっているのである。だが逃げもかくれもしないで、このところに誤解の余地のない明快な戦術をたたきつけ、戦略思想の一歩前進をはかる勢力は存在しない。

なるほど三池において鉱山占拠を主張した学生たちがいた。かれらはただ主張するにとどまった。越境すれば少なからぬ労働者部分を動かすことのできる状況で、みずから越境する一人の学生もいなかった。彼はあえなく袋だたきにされたかも知れない。その可能性もあった。だからこそ、そこでなぜおれがやれなかったのかという問が、大正行動隊の発生地点となった。越境の主張と越境そのものとの差は無限であるという認識から、そこからさきが戦術領域であるのに、凡百の戦術はそこで終ってしまうのだ。

労働者はまだ生産手段の占拠と生産の管理をダブらせて考える傾斜を棄てきってはいない。生産手段占拠の千姿万態をとことんまで敵への平手打ちとして利用しつくすこともできないで、管理もへったくれもないものだ。あいまいな管理思想と絶縁しつづけねばならない。ピケとはスト破りをにらみつけながら背進し、生産手段の核心部にたどりつき、資本による生産手段の全一的な占有をおびやかすための隊列である。

敵の占有を妨害することに集中された工場占拠の思想を育てなければならない。資本からあっさり門前払いを食わされているようで何がスト、何がピケだというのか。

むろん虚実は皮膜の間にある。突撃ラッパのもとに一斉占領といった勇み肌と私の主張は何の関係もない。後退期における労働者闘争は、それ自身のなかに戦略的にも戦術的にも必至の後退でありながら、それが逆に敵の心臓へ肉迫するという弁証法をふくみえないかぎり、今日のような状況を呈するのは自明であるといいたいのである。革命的退却主義という流路をとった戦闘性でなければ、現在どのような戦闘的スローガンも死物である。だが状況がかくあるときこそ、固定観念をはらって見るならば、抑圧されつづけた大衆の戦術思想をよみがえらせる好機である。たとえば大正行動隊のとった戦術は、例外なく往昔の坑夫たち、現代の中小鉱の坑夫たちが私闘、公闘のなかでうみだした発想に根拠をもつといってよい。

ぎりぎりにおしつめられた大衆の戦術思想とさしちがえもしないで、政治論や芸術論や政治と芸術の間論にうつつをぬかしている者たちのしあわせはねたむまい。私は労働者の越境部分とともに歩くふしあわせをもっている。輪郭のはっきりしたふしあわせを一つもっていること——この世でそれ以上のことを望むのは、そもそも見当ちがいであろう。

（一九六二年一〇月一五日「日本読書新聞」）

権力止揚の回廊

自立学校をめぐって

発端ほど怪奇なものはない。たとえ、それがうなぎのように籠の底でとぐろをまくにいたってやっと人々に捕えられるにせよ。

去年の春だった。とつぜん部厚い手紙が私の愛する「陥落小屋」のたたきに落ちた。毎朝いたちが鼻柱をしめつけるような匂いを残しているそこらは、そのころまでこの毛皮用動物の領分ではなくてもっぱらどぶねずみの遊歩場であったのだが、おおらかな達筆で記されている表書きに、私はふといたちくさいあるものを嗅いだのだった。たぶんそれからだ、わが家に一匹のいたちがほんとうに住みつくようになったのは。山口健二と署名された手紙には、東京で過激思想学校というものを計画したことがある、と完了形でのべられていた。《ああ、だからいたちの匂いがしたんだな》私は理性をとびこえて得心したものだったのに、実はほんもののいたちがすでに訪問していたのだ。だが、そういう私の幻覚がなかったら、自立学校なんてものがおっぱじまったたかどうか、あやしげなもんだ。

私は生きた毛皮の匂いに飢えていたともいえる。状況は藻と水棲動物の関係のように、滑稽にもそっけなくゆらめいていた。そして過激思想学校！　《そうとうに優しい心臓からしみでたイデエだ。これは》家を建てたいから、金を集めてくれませんか、と書き送った。そんな風にふと人間同志に訪れてくる、気のぬけた魔界のあけがたとでもいったものが私は好きだ。手をにぎる家がこうしてうまれた。一枚の毛皮、いたちの臭気、成立不能の矛盾概念を発端におくとき、ありうべからざるものを追うイメエジの運動がはじまる。この運動自体は対象化することが可能である。いわば行動的イマジニズムというべきいたちの道は、大正行動隊から後方の会を経て、山口健二宅の老いぼれた巨大な駄犬を、ある朝私が「自立」と命名するにいたる。いたちのつぎに犬だって？　話を合せているのではない。この犬はアメリカの軍曹かなんかが帰国にあたって家畜病院に棄てていった廃犬だった。そのまやかしの図体とみすぼらしさの奇妙な調和にほれてもらい受けた飼主は、ひさしい間、名前もつけずに寵愛していたのだった。飼主のペルソナがそこにある。その犬がひどいびっこで、二キロも歩くと抱きあげて帰らねばならないことを発見した私はいった。《これ、名前をつけようか》

自立――びっこの概念。命名された犬はすぐ死んでしまった。そして私はいつのまにか過激思想学校を自立学校と読みかえていて、《あれをやろうか。ほら、れいの自立学校をさ》と山口健二にいうようになった。彼はいつもの通りたてまえのよしあしには寛容である。手をにぎる家の戸口調査にきた警官が《何の手をにぎるのかね、この家では》といや味をいった話を聞いたりすると、うれしくてたまらないたちだから。ともあれ、発端の怪奇という思想を再び適用すれば、脚のわるい老いぼれ犬と散歩しなかったならば、私が自立学校の開校式で行った提案――狐拳《きつねけん》式の学校運営法――などありえなかったとおもわれる。

いたちから犬を経て狐だ。これが私の悪癖だといわれればおとなしく頭を下げる気だが、そろそろ喧嘩仕度になってきたのだと思ってもらいたい。思想の自立などありえないと、X氏がいった。いっちょうおれたちは他立学校を作ろうや、とY氏がいった。学校、学校とはね、とZ氏がいった。すべて伝聞である。しかし私にとって、さしあたってX氏Y氏Z氏が問題なのではない。むろん、かれらにしても右のような判定が、発端にあくまで整合性をすえて見ようとする常識家の意見でしかないことをあえて否定しないであろう。はじめから科目不明の銭があるかぎり、どこまでいってもバランスシートが作れないのは当然である。だがそもそもことがらの起点となっている観念について、重大なくいちがいがあるとすればどうであろう。

びっこの老いぼれ犬に私が「自立」という名をつけたのは、洒落や自嘲とは関係のないことだ。絵に描いたようなブルドッグに吼えかかられたりしながら、けやきの木立のしたを、まるでそこから切っておとされた枝のごとく撫然として必死に歩いているそやつの姿に触発されて、私はその言葉を「とるものもとりあえぬ片面性」という意味に使ったのである。思想とは、私などにとって、そのような鋭角で肉体に突きささっているものであって、XYZ氏らのように、すべての概念を相対概念としか見ない客観主義の迷妄に支えられ、自立と呼べば他立と答えるものぐさ弁証法によって円環化された思考平面が頭のてっぺんにはりついているというぐあいにはまいらぬ。

かれらには《アラーのほかに神なし》という一句がついにわからないのだ。アラーを共産党と読み、神を前衛と読み、そして唯一神なき社会にこのような一本足の原理を輸入することによっておこった硬化現象をなげき原理の多義性と主体の複眼化を恋いもとめるか、あるいは実体ぬきの弁証法で《あれでもない、これでもない》と幽霊もどきの台詞をくりかえしたあげく、動揺する論理の谷間を美意識のセメントで埋めるか――それぐらいで能書のすべては終る。もちろんこの世には、おひゃらかしの効用というものもあって、複眼主義であれ、美的ニヒリズムであれ、あたるをさいわい嘲笑の武器とするのなら話はべつであるが、ことのはじめに小自給自足圏としてのカテゴリイを設定するために「自立」という概念をもちだすほどおめでたいわけではないのだ。

アラーを絶対概念として、それを相対化することで斬る。そういう剣法でアラーは斬れるか。イデオローグの意識秩序からすれば、然りといえるかもしれない。だが一本足で立っている人間にとっては、おまえの足は実のところ二本でなくちゃならないのだぞといわれても、痛くもかゆくもない。それはせいぜい《アラーのほかに神なし》という命題を《すべての神はアラーなり》という地点にまで引きずることにしかならない。それにしてもやはりアラーはアラーであり、絶対の絶対の絶対である。それを斬るには、歯には眼を、眼には歯をと横なぐりに片手で払う、否定の方法態度にかぎがある。かかる喧嘩用の概念として、私などは自立という言葉を使ってきたのである。ぬきさしならぬ必要という砥石にかけた上でのことだ。だれかさんたちの「卓上自立」とはわけがちがう。

　自立とはむろん唯一神を斬る法である。だがそれは汎神論によってでもなければ、神なきミステイックによってでもない。生きている思想には、しょせん一つの確乎たる約束事がある。すなわち、その思想の全域のどこか一箇所に、一箇所だけ、表から見ても裏から見ても符号の変らない、まぎれもない一義性があたかも一箇の自然のように存在していなければならないということである。それが究極なところ自然であるかないか、またはいかなる性質の自然であるかは、いま問うところではない。ものを斬るには、このところを相手にあてるよりほかないのである。《アラーのほかに神なし》とはまさにかくのごとき「自然」である。それは円環しない、補正されることのない、本来的に欠けた思想であるがゆえに、その一義性と世界全部の交換を成立たせる。さて、いわゆる物神化された党とは、このような位置におけるアラーと同義であるという俗信がはびこっているが、はたしてそうか。私の眼には逆さまに映る。そこでは理念が最高の原理を求めて昇華するかわりに、原理が媒介化し、媒介が実体化していくという、はてしない血圧降下現象があるだけであって、そのあげく実体が原理の位置をうばっているにすぎない。今日の党のどこに、危機によって立つ者の凄愴さがあるかを問うてみればすぐわかることである。

　実体としての今日の党をアラーとみなして、そのゆえにこれを斬らねばならぬなどと、私は考えたことはない。逆に、アラーでないがゆえに否定しなければならないのだ。そしてそのためには、一義性をもたない党を否定する行為がそれだけでは永遠に一義的でありえないことを嚙みしめない、あらゆる媒介的発想を斬らねばならぬ。それよりは、原理も媒介も放擲して、ひたすら実体だけに凝結している意識――それは抽象された生活意識と呼びうるであろう――をアラーとみなして、それとの間にぬきさしならぬ片面性の強度を争う方がはるかに一義的である。生活者の偏見に敵すべくもないほどに弱くゆるんだ偏見がうみだすことのできる品々については、XYZ氏らの飾窓をのぞきこむのが一番早わかりである。それらこそ、今日の党から自己疎外された花々であるから。

ところで、この概念とも命題ともつかぬ、からかさのお化けみたいな片眼一本足の力で自分を駆りたて、個性とはあまのじゃくのことであり、真理とは逆説にほかならず、美とは不具の同義語であると煮つめていった、そのはてに待っているどんでん返しはどんな仕掛けになっているかと思案しない人間を称して、馬鹿というのであろう。馬鹿もたまにはいいものだが、その行為のなかを流れる速度の緩慢さが常識家の日常とそっくりなのはやりきれぬ。言葉を変えていえば、組織者――また厄介な用語だが、要するに地球の回転速度に毎日腹を立てている、死ぬほどせっかちな男とでもひとまず仮定してもらうとしようか――の時間が生活者の時間につきあたり、追い越そうとするとき、片眼一本足同志の奇妙な勝負がはじまるのだが、その一つ一つが果物のように熟れるまで楽しんで待っているという風な、散文家の根気のよさが私にはからきしないのである。

青くとも、どんでん返しの構造はすでにはっきりしているのだ。ぐずぐずしないでメスを入れ、平面に展開してみればいいじゃないか、と決断してしまう私が、強引に白紙におしつけたからかさのお化けの標本図をお見せしよう。つまり自立の主体化から突如、自立の客体化にとび移ったのだということをお忘れなく。


自立の観念は円環不能でなければならない、といった。だがそこに一種の媒介、絶縁しあうことによって媒介する特殊な契機をさしはさむことは不可能ではない。

状況論からすれば、自立とはまず後退戦における内的闘争のイデエである。したがって自立する存在が対峙しているのは、外化された権力にほかならない。客観主義の立場をとるとき、自立もまた相対概念である、といったのはこの意味である。

だが、なにゆえにそれは権力を否定するにあたって、まず別種の権力を対置させ、しかるのち新しい権力の死滅をはかるというレーニン的思考と逆の回路をとろうとするのか。それにはさまざまな実体的理由を附け加えることが可能であろうが、ここではさしあたって代々木派の無媒介的な実体主義、いわゆるトロツキスト派の単純対置主義、構造改革派の二元的な国家論にすべて不満であるために、権力像の根源的な再建を期そうとすれば、レーニン的文脈をいったん完全に陰画化し、別な視角からレーニン的権力像への接近を試みるよりほかはないとだけいっておく。

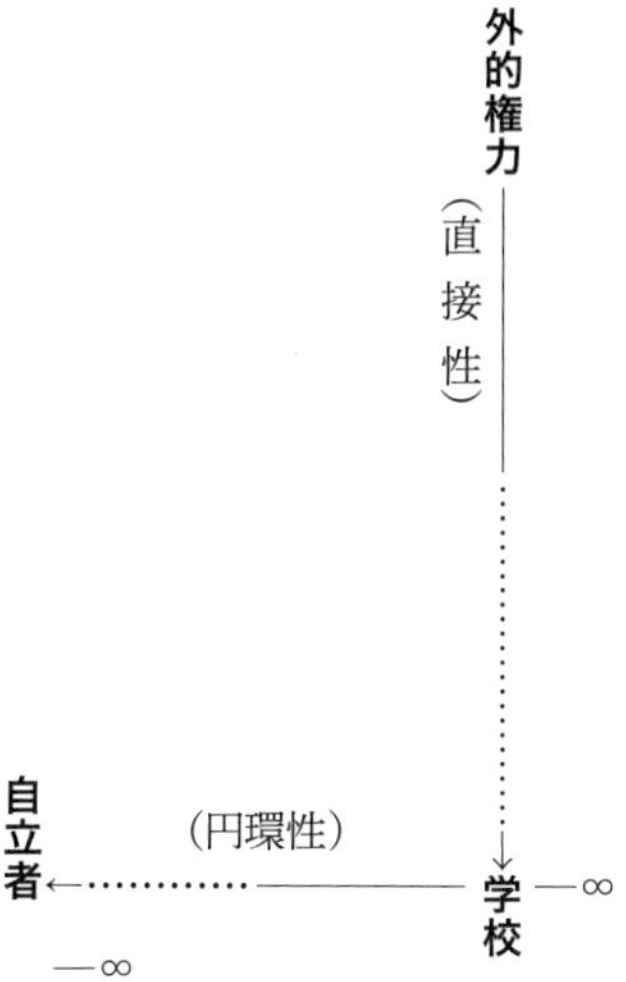

すなわち外化された権力によって支配をうばいとるという脈絡よりも、支配されないという脈絡にアクセントを置き、すべての思想外的な力の強制にたいする拒絶に積極的な力の源泉をもとめる立場をとれば、われわれはそこに外的権力の支配と異なる質、異なる方法をもってする支配と被支配の円環関係を想定することができる。かかる思想の力の密室はこの世の機構の何にたとえることがもっともふさわしいであろうか。私はそれを言葉の純粋な意味における学校と呼ぶよりほかに適当な表現を知らない。

すべての権力はその直接性をぬき去っていけば、究極のところ一つの学校と化す。そのゆえに理念としての学校は外的権力からもっとも遠く、支配・被支配の円環性にもっとも近い。ところで支配・被支配の円環性から無限の距離に遠ざかろうとする力をもって自立のエネルギーとみなす立場から、われわれはそこにもう一つの軸を組み合わせることができる。

この図式から、自立者が無限の距離を通して外的権力に迫るさいの構図がおぼろげに暗示される。自立者と外的権力の拮抗関係を媒介するもの（むろん、それは非媒介の媒介であるが）を学校とみなし、自立・学校という矛盾をあえて実体化しようとする理由がここにある。

つまり自立学校の内包は、自立学校はありうるかという設問そのものであり、それに無限の円環性を無限にのりこえる片面性という不変の方向係数をあたえ、かくして負の領域における権力の構造実験をくりかえし、そこから今日横行する権力対置論あるいはその単純否定論を止揚せんとするものである。

いうまでもなくそれは提唱者たる私自身の試案にすぎないけれども、このような意図をもって作られる学校は、それ自身の構造と運営法のなかに、すでに充分な意想がはらまれていなければならない。すなわち現在的状況における権力関係を、外的権力――学校――自立者の三つ巴として見るならば、それと相似する関係が逆まわりの回路で設定される必要がある。

ことわっておくが、私がここで現在的な権力関係と呼んだものは、権力の外貌を指しているのではなく、すべての権力または反権力の内部にある拮抗関係をいうのであり、その内部関係に今日の権力の特徴があると思うからである。もちろん、それは右にのべた理念的三角形の擬似的な対象化であるとともに、その構造は深く陰蔽されている。権力のポテンシャルがむしろ巨大な潜在部分によってしか測られないという事態こそ、レーニンとわれわれの時代をへだてる地点であろう。

この秘密をばくろするために、もっとも非権力的な場で、すなわち直接性の負の領域で、機能の方向を逆倒する回路を試作し、それを自立者の片面性によって破壊していくというのが私の構想であるが、そこで考えられる指標はつぎのようないくつかの視点である。

(a)権力を構成するそれぞれのパートが、いずれもある意味で全一的な力をもち、別な意味では完全に無力であること。
(b)それぞれのパートが全面的な緊張関係に置かれ、その経過が成員全部に公開されうるものであること。
(c)権力の陽画的側面、つまりあるパートから他のパートへの指示機能は可能なかぎり第三のパートを通して媒介的に作用せしめること。
(d)権力の陰画的側面に重点を置き、指示されるパートにそれへの直接的な指示伝達の機能をもつ隣接のパートにたいする拒否権を持たせ、拒絶という機能に主要なアクセントを附与すること。
(e)総じて市民法的秩序における権利義務の観念を倒立させ、市民的権利を義務、市民的義務を権利とみなす意識体系を発展させること。

このような前提の上で、運営委員団、講師団、生徒団という三つのパートを編成し、それぞれが外的権力、学校、自立者に対応する役割をになうこととした。指示義務の秩序からすれば運営委員団——講師団——生徒団とめぐって運営委員団に帰っていく回路があり、拒否権の秩序からすれば生徒団——講師団——運営委員団と逆流する回路がある。二つの回路をはっきり区分し、運用することによって、どの構成単位の内部にも、また個人の内部にも、思想外的な強制に屈しない思想的円環性を建設しようと努める。いわば権力の擬制をさめた意識のもとに人工的に構成し、この擬制を真制の権力のモデルたらしめようとする営為をつづけ、このような自覚的永久擬制主義とあくまで間一髪の距離を保つ永久自立主義とのはげしい競りあいを具現しようと試みるのである。そのためには、今日の権力よりも内的に一歩進んだ権力の範型がつねに鼻先につきつけられていなければならぬ。

私が狐挙の原理の対象化と呼んだ自立学校の構成法とは、手短かにいって右のようなものである。自立者を学校という機構で創出するという逆説は、私にあっては、権力止揚のための権力を権力の奪取という構図から創造しようとする営為と完全に同じ思想的位相をもっているのである。

いたちは犬を経て狐と化し、発端の怪奇はここにいたって頂点に達する。思えば自明かつ空論的な蟹の泡ではないか。けれどもこんな意想に身を食われているときほど、私が机上の思弁や現場の実務から遠く離れて、状況の核をにぎりしめている瞬間はないのだ。六〇年六月このかた、いたずらに解体と拡散がくりかえされたにすぎない紳士たちの良識がある。たしかに客観状況はそうであったかもしれぬ。だがそれを指摘する汝自身の状況はどうであったのか。

いま私の耳には、数百メートル離れた丘のうえで大正炭鉱退職者同盟がしきりに打ちあげる爆竹の音がきこえる。全員非常招集の合図だ。二週間の坑外現場占拠ののち、事業所全域の立入禁止の仮処分が出されたのだ。公認された戦闘的「第二」組合の「自立」のエネルギーはどこへ流れこむべきか。坑夫たちの眼は、ただぽっかりとあいている坑口へ注がれているだけである。

かれらは問うだろう。《自立学校？　そんなひまつぶしが、何になるわけかなあ》いまはかれらに答えるまい。かれらはすでに自分たちの勢力を本部と現場司令部と現場部隊の三つのパートに分ち、本部は一般的指導に任じるが、緊急時の行動指揮権は現場司令部が本部に事後報告するだけでよいという、既往の運動から飛躍した決定をおこなっているのである。いうまでもなくそれは大正行動隊の組織原理の適用であり、発展であるが、権力の陽画的側面のこのような積極肯定が、権力の陰画的側面を突出させようとする自立学校の構成原理と、どのように思想的あるいは現実的な脈絡をもつか。そこに私の当面する問題意識がある。

他人はいざ知らず、私にとってこの二年間は、ひたすら権力止揚の論理を身近な状況に照明をあてつつ模索せざるをえない歳月であった。その眼からすれば、解体拡散期の遠心力は新しい権力論を掘進するためのドリルとして貪欲に利用されなければならない。《おや、いつのまに啓蒙家におなりで》

だって、しかたがないではないか。この期間、私ほど多弁であった人間はいないと思っているのに、人々は原稿用紙のかさで饒舌を計算するのだ。A氏は私が波の底に沈没したと同情し、B氏は書くという行為の「人間性」をあげて怠惰をたしなめ、C氏は思想家であることにふみきるべしと激励する。かれらは私の黙示を読まなかったのであろうか。私がひょっとするとアジア最後の黙示者であるかもしれないことを知らないのだろうか。

かれらは私のきちがい染みた組織的対象化の営為にあきれかえり憂慮してくれている。状況を馬とすれば——こんどは馬だ——闇のなかをいずこへともなく奔駆するけものの背で、悲鳴とも舌うちともつかぬさけびをあげている者が私だと思っているのだ。だが狂奔する馬を鎮静しようとして手綱をひきしめるやつがどんなに愚かな騎手であるか、一度状況に乗って見さえすればわかることだ。状況のたてがみにしがみついて、乗り手が馬よりもさらに深く馬となったとき、はじめて状況を四本脚の軽歩に移らせることができるのだ。そのこと自体、ただの初歩的な馬術論にすぎないけれども、馬上の人間をインカ族なみに怪物あつかいしてもらいたくはない。

　まして大状況の奔馬は、当分の間われわれがそれにうしろむきに乗ることを強制しているのである。このようなとき、私はあたかも逆推進ロケットに点火した宇宙船のように、小状況に点火しつづけただけの話である。大状況にたいしてはうしろむきに、小状況にたいしてはまえむきに乗っている自分とぴったり背中をあわせて、もう一人の見えない自分が槓杆をにぎっていると想定せよ。この見えない自分をして、片面性の円環を断ちきる片面性を貫徹しつづけさせよ。

　私は単にそれだけを黙示したにすぎなかったのに、黙示をただの沈黙または啓蒙と読まれる屈辱を、影のような犬とわかちあわねばならなかった。私の本能的な狡智は解体拡散期にためらいなく選ばれねばならない人工楽園のかぎを知りすぎている。そこに私の悲しみがあるといってよいほどであるが、それゆえに私の黙示は正確に読まれないのだ。

（一九六二年一〇月「試行」第六号）

地方——意識空間として

きみは、おれがほとんど言葉を失って悶絶している状態を「好きだ」といってくれたやつだ。おお、きみは人間だったのか。男か女かもわからないきみ。きみの声を、どんなにしておれは聞いたのだろう。電話ではない。竹の節にはさまっている、ひらひらした膜を透してでもない。夜のように真黒な、きれぎれの糸を通じてでもない。なにかきみは、肝臓に熱い風を送りこむのといっしょに、脳髄の一角を削ぎとっていくような方法で、その声を届けてきたのだ。あのとき、おれはすこしゆるみかけたとおもう。おれは答えた。「結局のところ、こうなってしまうんだ。おれが死んでいないのなら、そうすりゃ、おまえの方が死んでるのだぜ——ってね」きみは笑った。それで声がきれた。笑い声で終る会話が、おれはきらいだ。

以来、おれはきみを探している。きみが好きだといったのは、おれではなく、おれのある状態だということは承知している。その状態が何に似ているのか、なぜそれが選りに選ってきみの気に入ったか、というようなことは、おれにとってどうでもよい話だ。それよりもきみの声が、彼方から、そうだ、いわばずっと未来の死者のように響いたとき、おれはまだ知らなかった「関係」のみずみずしさにうたれた。長いことつづいていた自分の死が、ふと新しい死に転化したようにおもわれた。

きみとおれの関係——もし、そういうものがありうるなら、なにがしかの間それを持続させることができたら——おれは、小説家たちが用いる唐突な仮構に頼らずに、もう充分にあきあきした、世界的な、あまりに世界的なものの外へ出てゆけるかもしれないとおもった。おれはひそかにきみを「おれの四人称」と呼んだ。ペダンチックな名前に気を悪くしないでくれ。人間の相手を、人間はやはり人間にしてしまう。自然も社会もそして死者さえもだ。

きみはかつて現存したことはない。これから現存することがあるかどうかも、おれにはわからない。ちょっとやそっとのぼせあがった空想をしてみたところで、世間はたちまちそれを消化《こな》してしまうか、あるいは世間の方が一足さきにそれを発明しているものだ。むろん、どんな空想も決して現実化されないともいえるがね。ダ・ヴィンチが夢みた機械で、まだ解決されていないものは一つもないし、どこかの馬鹿が心に描いた飛行機は、現在の飛行機よりもはるかに本質的な飛行機だ。おれがきみを、人間の不定形——『ファウスト』の口まねをすれば、あったことのない、ありようのない人間として考えたとしても、しょせんダ・ヴィンチと馬鹿の間をうろうろするわけのことだ。しかし、おれは忘れないだろう。きみの声とおれの状態は、たしかにいつか現存的な関係をもったのだ。おれは一瞬、この声は過去のすべての死者の微分値かとおもった。つぎには未来の死者の積分値かとうたがった。この疑問は口を開いたまま、まだ閉じない。鯨の口蓋をのぞきこむのとそっくり同じ好奇心で、おれはその疑問に嚙まれた。

人間はいつか、どこかで人間ではなくなるにちがいない。ちょうどインドかどこかの藪で、野生の雉子が雞に転化したように。そして最後の野生の雉子である母と、最初の雞である息子が、聖家族のような無心さでみつめあったとき、それぞれの視線の向うには、自分と決定的に異質な鳥のおびただしい幻しが「あった」。最後の人間と最初の非人間はかならずそれを「見る」。見ることによって、彼女は最初の人間となり、彼は最後の非人間となるのだ。これはおれの想像力がかすかに到達できる究極の関係であり、風景だ。きみはこれも「その通り」といって笑うのか。きみとおれの関係とは、この想像的タブロオの未熟な、ひどく偏ぱな素描の一つとはおもわないか。

なかばきみをあきらめながら、おれは探した。きみにおべっかをいいたかったのではない。きみとのあの関係を意識の新しい空間として展開したかったのだ。きみの方から見れば、ただの自然でもあり、ただの抽象でもあるものが、おれの方から見れば自然以上の自然としての非自然、抽象以上の抽象としての非抽象であるような関係――かならずしも、それを形象化しなくてもよいのだった。半分がピカソで、半分がレンブラントであったからといって、別にそんな絵からの何の意味も出てくるわけではない。おれが必要としたのは、彼岸からの吐息に浸透された空間であり、それは決してわがものとすることのできないもので、ただ前方にさしのべた腕でその一隅を支えているようなかっこうでいなければならないのだった。

＊

最初のものを見る最後の者たちよ。おれが、無数のきみたちと一人のおれによって囲まれることの意識空間を、一つの円環化された領域とは考えないゆえに、「地方」と呼んでいることを、きみたちは了解してくれよう。いかなる閉じられた円環体にも、おれは属していない。また、それへの没入を必要とはしていない。ときとしておれは、あれこれの多すぎる都会、多すぎる村を見つくしたと信じた。むろん、それはおれの驕慢だ。世界には、おれよりもはるかに不細工な窓、もっとゆがんだ橋、手のつけられない小路などが「ある」。しかし、だれかがおれに最初の雛のごとくそれらを語ってくれたとしても、おれの内臓で連合し、分裂し、解体する窓、橋、小路……は、決しておれのいう非自然、非抽象ではないだろう。わら小屋のなかで夢みられた帆船は、それはやはり帆船だ。あまりにも帆船的な帆船だ。おれの帆船は、その帆船から斜めに投射され、ついに帆船の域を脱した影の帆船となるはずだった。

この射影幾何学風のいたずらは、しばらくの間おれの苦痛をやわらげてくれ、おれはあやうくきみをじゃまもの扱いさえしかねないほどだった。影だ、とおれはうめいた。この世界のどこからも見離された空間から、やがて到来する最後の者、明日の死者の眼で、世界をみつめかえすためには、このような影の梯子を降りてゆけばよいようにおもわれた。おれは、あまり急いで世界を消したがる人間に近かった。

第n＋1番目のイメージ。此方の岸で到達しつくしたイメージの、そのまた影の部分。その部分はついに形象化されることはありえないが、そこへのおれの参加はうたがえないものにおもえた。だが、この世から未来へむかって追放されている領域に、おれが入りこんでいるのを認めてくれるのはだれか。それはやはりきみだ。なぜなら、きみはおれをこの世へむかって追放する者だからだ。

おれはきみが、きみたちのなかで一番ひよわなやつであることを知って、いささか憤然とした。でなければ、あんな声を聞かせるはずはないからだ。とすると、おれはおれたちのうちで最も甘ったれということになるのか。そうかもしれぬ。二重の追放を「地方」の定義として私用するところなんぞ、二重転向者（世間では、偽装転向者と呼んでいるが）にどこか似ているのかもしれぬ。

追放に承認がいるとは。公認された非公認がほしいのか。自嘲の念にかられながら、おれはきみからもはずれてゆきたいとおもった。はずれることで射影された関係をうみたいと願った。見知った窓からとびだし、見知った橋をぬけ、見知った小路にもぐりこみ、世界を消すかわりに、自分を消していく、そんな手順にはさっぱり気の進まないおれだ。立ちん坊で暮しておれば、きみの方からおれを探しにくるかもしれない。どうせおれの「地方」には、ずぼらな風景しかありゃしないさ。精神の怠惰さではなく、なまけ者の繊細な精神でおれは待つことにした。

＊

あれは仮装したきみだったか、きみの従兄弟だったか——とにかく、きみとの血縁に知らぬふりをしているやつだったにちがいない。ふいにそやつは一本脚で立っているおれの肩をたたいた。「戦争になるのかね」とかれは聞いた。「なるまいて」とおれは答えた「いまやソ連なきアメリカは考えられず、またアメリカなきソ連は存在しないからね」「ふん」とかれは鼻を鳴らして「千日手に困った同士が、香車さきの歩を突きあったか。どっちみち関係ないね。おれにはきみたちのいう戦争と平和の区別もあまりはっきりしないのさ。」

かれはおれが十何年前、いっぱしの大戦争に参加したつもりでいるとひやかした。人類がどれくらいの戦争ができるか、つまり内的世界のどれほど底部のエネルギーを動員できるか、あまり過信しないがいいといった。緊張の結果ではなく緊張の喪失結果として起っている、非現実的で玩具めいた「世界戦争の危機」にあくびしているのは、それを覚醒剤として服用している阿呆たちよりもよほどましだが、それにしてもまだ、地上世界のすみからすみまで火炎につつまれるという、人類のついに見はてぬ黙示録風の夢から絶縁されていないと警告した。そして、現代世界がそうたやすく普遍的に燃えあがってくれるかどうか。いま人類が案じているのは残る者のことか残らない者のことか。生者と死者はいつのばあいでもいがみあうものなのだが——と首をかしげた。

おれはかれのいうことが、三分の二はわかって、三分の一はわからないとおもった。この比率はちょうど、おれが凡庸さと名づけている基準にぴったりだったので、すぐさまいい返してやった。「おれだって、全世界を一発で破壊することのできるポータブル・ミサイルってやつが発明され、それが狂人から幼児の手にまでゆきわたったとしても、安らかに晩飯をくい、いぎたなく眠るだろうよ。」

「物語はよしたまえ」べたべたした蜂蜜のような声音のわりには、きっぱりとかれはいった。

「きみたちが考えるのは、いつもきみたちだけの戦争だ」そして、「きみたちの」戦争はもう充分拝見させてもらった。やたらに椰子の木を吹っとばされるのは弱ったが、いろんなことに使える空罐やめずらしい味のする粉や死んだ海の魚など、たくさん棄ててもらってありがたかったといった。身内にできた死人の数は、比率からいえばスターリングラード市民よりもっと高かったけれども、仇敵だった隣の部族を全滅させてもらったし、いまでもけっこう疫病やたたりで死人は出てるからといった。

「太平洋戦争だな」と聞くと、「おれたちの加担しない太平洋ってものがあるのかね」とかれは咽喉の奥で笑い、急にだまりこんだ。おれはすかすようにして、あの戦争がかれらにたいしてもった意味は何だったのか。かれの話を聞くと、どうやらプラスの方が強かったように響くが、そんなことを信じるおれじゃないから話してくれといった。かれは顔をしかめてそれには答えず、

「おれたちがきみたちにたいして、ずっと前からしかけている戦争は、きみには見えないだろうな」といって立ち去りかけた。

＊

「メラネシア」という声がどこからか風にのって吹きよせられてきた。これくらいにせの概念、にせの範疇もすくない。メラネシアなんてものはどこにもありはしない。あいつがいるだけだ。おれはそこに何も字の書いてない将棋の駒を一つ見つけたようないらだたしさをおぼえた。頭の上にやたらに爆弾を落された連中が、むろんただの傍観者であったはずはないが、かといって、おれたちの周りにうようよしている「加害者」や「被害者」のどの顔にも、またかれらがとり結んだり、でっちあげたりした無数の関係式のどの項にも、かれは似ていなかった。いわばかれは戦争のどまんなかにいる「不在」であり、その不在の白さは珊瑚礁よりも堅固なものとして、おれの眼をうった。

かれらにとって、太平洋戦争とはそもそも何であったのか。この答はたぶん永遠に直接形では得られないだろう。情況に参加することがてんから問題にならず、そのゆえに物理的にもっとも危険な境界に放置され、そのゆえに被害者としての相関性すらうばわれており、そのゆえにかれらをぬきにすれば敵も味方も戦争の名分を失い、そのゆえに戦い終れば敵も味方も口をぬぐって決して触れようとしない存在——この理念をうすめていけば、おれたちの半身もまたそれであったという遁辞にたどりつく。つまり最もあわれな被害者ではなく、被害者の最もあわれな思想が顔をだす。

だがこの理念を凝縮すれば、おれたちが加担していない戦争なんか、真の戦争という名に値いしない。それはおれたちが何万年前からつづけている戦争の影でしかないのだ。太平洋戦争などもともと不発であり、完結しないことがはじめからわかっている戦争であり、光源が消えたあとでも進む光波のように拡散していくよりほかはない戦争、王様のいない将棋だったのだ——という強力な思想にまで到達せざるをえない。

(おれがいまこう書いているとき、「そんなことは、きみにはいわせないぞ。このおれが、おれだけがそれをいう資格がある。おれがまだいわないのに、なぜきみがいうのだ」という声がした。)

すべての戦争論、戦争責任論、そして戦後論、戦後責任論は、この濃縮された「メラネシア土着民」の観点から書き変えられなければならない——とくに、思想的に設定されたこの領域を媒介にしない組織論、労働者論、地方論の無意味さはいうまでもない。これを現代に生きている「死者」として扱うか、それともこの領域の不在をもって理論のもっとも大きな死角とみなすか——この分岐点は、どのような折衷をもゆるさない。「戦争」はまさにこの亀裂に沿って、再構成されなければならないのだ。

この間の事情を、支配技術の側からおそらく空前の鮮明さでうかびあがらせたのは、あの終戦という用語法であった。苦しまぎれの発明であるとはいえ、かれらはこの言葉によって、――打ちたおされたのはおまえたちではない。敵対関係から疎外されたおまえたちの細い人民的非自然＝人民的非抽象の地帯はまだ無傷で残っており、砲火はその破壊の一歩手前でとまったのだと暗示し、さて――この残った土台石こそ「国体」だとはおもわないか。この土台石なりとせめて「護持」しようではないかと呼びかけた。以来、かれらは注意ぶかくこの無敗のあるものを「国民」には接続させても、「メラネシア土着民」には接続させないようにつとめる。かれらに幸いしたことに、進歩派は砲爆下の不在の存在、あるべき領域から外へ追われた人民の内域をそのまま無媒介に実体化すれば、それは天皇制以外のものには決してならないという事実に気づかず、この外界にはみださせられた内臓感覚こそがすべての戦術行動の起点であり、構想すべき権力の方向係数であることを無視して、人民＝泥つきのじゃがいものような実体、天皇＝ぐらぐらするむし歯のような虚体という図式にしがみつき、虚を棄てて実に帰れと主張することにより、人民のはみだした内域それ自身を切り捨てるにいたる。そこでは言語に絶する具体物としての人民、つらい風に吹かれてにがい液汁を流している抽象としての人民のゆき場はなく、また実体としての人民の一人々々とこの人民的非自然＝非抽象の地帯との距離を識別する眼もない。天皇制こそは、あのプロレタリアートの実存といわれるものと紙一重の擬制であり、いわばウル・スターリニズムだった。進歩派がこれを歴史の遺物視し、そして支配層がたくみにその人民＝実体、天皇＝虚体という図式を、国民＝主権、天皇＝象徴という図式にすりかえたとき、進歩派の実体主義が今日のようなスターリン主義的大円環と亜スターリン主義的小円環の二種に分裂したまま、それぞれ完結していくという事態の青写真はできあがっていたといえよう。「終戦」スローガンから「天皇象徴」主義にいたる経過は、日本支配層の全政治的力量がはしなくも発揮された例であり、進歩派はいまだにその力量のよりどころを明らかにしないまま、かれらの経験を盲目的に追試しつつあるのだ。

＊

きみよ。未来の死者たちがふりかえるときのまなざしよ。おれはなにも確定された過去をなぞって、未来の線を引こうというのではない。どうせ未来は現在の意表をつくのだ。しばらくすれば、なまくら大学生の群がおれたちを掃除しに、歌をうたいながらやってくる。かれらをてこずらせるための、やけに固い歯の化石を残しておこうなどと気は使うまい。おれはただ自分の悶絶を自分の手で風景化しておけばよいのだ。

「地方」という観念を、おれのように、総体としての現在と未来からそれぞれ逆の方向に、二重に追放されている人民的意識態の運動域と規定するようなへそ曲りは、たくさんはいないらしい。地方といえば、まずあれこれのあるがままの地理的空間のことであり、それに中央対地方という対位法をあてがうくらいが関の山だ。学者先生はまたそこからいくつかの「兆候」をあつめてきて分析なさる。読んでみると、核心的中央＝普遍性、周辺的地方＝局所性という図式と、ぴかぴかの中央＝虚体、泥つきの地方＝実体という図式をめったやたらに交錯させて、勝手な像をこしらえているだけの話だ。かれらのほとんどは手に負えないはんぱ田舎者なので、そのときどきの風の吹きまわしで都会派になったり田園派になったりするのはかわいらしいところだが、右の図式を使って分類すれば、普遍的実体主義者（スターリン主義および亜スターリン主義者）、局所的実体主義者（草の根民主主義者）、普遍的虚体主義者（ただのアカデミシアン）の三種類にわかれる。せめて局所的虚体主義者が二三人いたならば、おれもこうまで猥雑な言葉を吐かなくてすむのかもしれぬ。

そういえばひところ、草の根民主主義と反独占急進主義とがろくに論争も交さないまま、あっさりたもとを分ったことがあった。もちろんくっつかないのにはそれだけの理由があり、必然の断層が存在するとはおもうが、こと両者の地方観に即してならば、両者に本質的なちがいはなかった。なるほど前者は後者よりも地方のエネルギーを評価するかにみえる。だが両者とも、地方を意識空間としてとらえず、中央対地方という対位法のわくから一歩も出ないで考えている点においては、まったく一致していた。

きみには、この辺のふしぎさが何ともなっとくできないことだろう。かれらは核対周辺、上部対下部、前衛対人民といった垂直圧をもつ対位法の否定を前提にしているのだった。それならば、この種の対位法の根源にある二つの円環——中央主義＝地方主義、中央性＝地方性を切開するための非円環的な思想風土に立っていなければならなかった。あるところの地方、そこの実体的勢力が動くか動かないかは、この際第十何番目かの問題でしかなかった。

物神化された権威の崩壊を「見た」と信じる進歩派のなかで、空洞化という言葉がはやった。このような時期における流行語は、善悪のいかんにかかわらず完全なシンボルだから、どちら側にもつくものだが、このばあい権威の空洞化という意味よりも、自己の意識の空洞化というに近かったろう。この空洞に垂直の対位法が棲めばウル・スターリニズムになり、射影法が棲めば人民的意識態になる。この決定的な微差を一種の感覚的操作によって探りあてさせることを、おれは組織活動と呼ぶ。

実体主義的地方勢力はさけんでいた。「中央」がなくなるということは、「地方」がなくなることだ。まるでそれは人間からヘソをうばって、蛙のおなかのようにつんつるてんにしてしまうことだ。そんな奇妙な醜悪さにまともな人間が耐えられようか。「地方」を確保するために「中央」を——その逆ではない——擁護せよ、魔女を退治せよと。かくて統一団結の呪文ひとつで中央主義と地方主義はみごとに無媒介に円環しおわる。「アメリカ帝国主義」とは、かれら「にせメラネシア」にとって異質な精神風土の総称である。

この円環をやぶるためには、いつも意識のまんなかにさっそうと旗をなびかせた実体をすえていなければ直立しておれない平衡感覚を、根こそぎ払拭することからはじめなければならない。だがこのことを、いわば認識論的主題として探究していった者は、ほんの少数の例外でしかなかった。草の根民主主義者における啓蒙家の心情、反独占急進主義者におけるモダニストの心情の、どちらが野暮でどちらが瀟洒かといったことは考えるだに阿呆らしい問題だが、どちらも「精神のメトロポリス」のまわりをくるくるまわっていることだけはたしかだった。

垂直対位法と射影法の間にはさまれている「地方的」分子はいるにはいたのだ。首都の下部で、地方の下部で——つまり第二次元での地方で、かれらの意識空間にはなにがしかの不連続線が見られた。しかし「反体制」の中央主義と地方主義の円環が完結するにつれ、その磁場の圏外に出ることのできないおおよその「地方」的分子は、無限級数的にみずからの「地方」を高次化していくかわりに、自己の疎外物でしかない「中央」的分子とまたぞろ小さな円環を形成するにいたる。

きみよ、おれはいつまでこういうことを書く気だろう。亜スターリン主義の人工衛星がスターリン主義の遊星を祝福しているからといって、それが何だ。おれは外へ出たいのだ。平和からも戦争からも、また常態的な階級闘争からも閉めだされている領域——そういう「地方」に情況があるはずもなかった。情況がないという情況があった。だからこそ、そこに情況というにふさわしい情況があった。しかしだれも、情況の不在という形をとって情況的に展開している「地方」を、意識の新しい空間として人民的意識態の視角から追求することを、普遍的とも有効とも現実的ともいってくれはしない。すこし気のきいた人間が、芸術的な、あまりに芸術的なというくらいのものだ。本来ならば、政治的なというべきところをね。こういう範疇の差からしても、きみとおれの時間がどれくらい隔たっていることか。

＊

回想がまだとぎれてしまわない。ご承知のように、この時代の人間のはらわたはずいぶん長いのだ。かつて軍隊で——たぶん陸軍だけに限られていたが——「地方」という言葉がある思想的次元で用いられていた。軍隊の外、兵営の外はすべて地方だった。地方の心情、習慣はもちろん、道徳にいたるまで、その内部では通用しないことが強調されていた。地方人はいわば「化外の民」だった。それは無規律、無統制の代名詞だった。しかし、当然でもあるがまた奇妙なことに、この軍隊と地方という対位法は半分だけ価値の上下関係をふくんでいるが、あと半分は価値観の外に置かれているのだった。内部秩序の固有性を力説すればするほど、ひとたび兵営の門から外へ出れば、そこでは「地方」的原理が支配することをいやでも認めねばならなくなるのだった。軍隊は地方の海にうかんでいる島世界だということになり、卑屈な孤立感がかきたてられ、そのはては地方との接続をなだらかにしようとする意図が動いてくるのだった。戦後民主主義が軍隊——というよりも兵営生活を源流にしていることは、このあたりの事情からも明白だが、地方と非地方にそれぞれ異なる価値律をあてがい、両者を一つの平面ですっぱり切断する傾斜をもっていた点では、戦後民主主義よりも軍隊の方がはるかに「民主的」である。前者と後者の間には、下士官と初年兵のちがいがある。そして初年兵が数ヵ月の訓練ののち、はじめて兵営の外へ出たときのおしつぶされたような、静かな錯乱が、おれのいう「地方」の、美意識から見た始点であるかもしれぬ。

「中央」がなくなれば、「地方」もまた消失するか。そして人間は「存在の機軸」を求めてさまよわねばならないか。ちがう。「中央」が無化されたとき、はじめてひろがってくる意識の野が、それが「地方」である。存在に機軸があるとすれば、まさにそれよりほかにはありえない。なぜなら、それは意識のマチエールを決定するからだ。そしてこのマチエールは、かつて脱走を防ぐために木柵をめぐらされていた炭坑言葉をもってすれば、柵内のマチエールと柵外のマチエールとに大分類される。この関係について、柵内は閉鎖的で狭く、柵外は開放的でひろびろとしているという常識の美学がある。しかし、門を一歩出た兵士を襲ってくるのは、それとは全く逆に、背後にある兵営生活の意識空間から遠ざかろうともがくにつれて、それは銀河系のような空白となってひろがりながら兵士の首筋に迫り、街はみるみる細い首のように縮んで異相を呈し、自分が見しらぬ辺境のゼラチン質の空気に封じこまれるという感覚である。おそらくそれは、未来が待ちかまえているきわめて日常的な感覚のひとつなのだ。

いや、それはいつの時代でもそうであるにちがいない。いったん垂直圧からのがれようとした人間が、背後の空白の円環に再び——たとえ本人は新しい範疇に所属したつもりであろうと——変りばえもしない古い円環に吸いこまれていくときの判断の基準は、柵外はおもったよりも狭かったということであるにちがいない。なぜそこは狭いのか。背後の空白から吸いとられていくばかりではない。前方に立ちはだかっている未来の空白からもまた押されているからだ。彼はこの事実を認めることができない。彼は選択したのではない。未来の後脚から蹴とばされてけしとんだにすぎぬ。

＊

柵外と柵外の関係は、だから次のような境界図で示すこともできる。支配のイデオロギーを、かりに「ウル・リベラリズム」と名づけるところの、すべての生命は生命であるがゆえに正しいとする一辺と、かりに「ウル・ファシズム」と名づけるところの、特定の生命はその特定性のゆえに全き正義であるかまたは全き不正義であるとする一辺とにはさまれた鈍角の領域であるとすれば――この鈍角にたいして補角をなす、ほとんどゼロに近い鋭角の領域が、人民的意識態の運動域である。プロレタリアート（語源的にもそれは柵外の民だ）のイデオロギーはブルジョアジーのイデオロギーよりも包括的、普遍的であるがゆえに、妥当であり正義であるとする観点は、意識空間の占有面積の問題としていわれるのならば、まっかな嘘である。

意識空間の占有とは意識の定型と同義であり、思想がこの占有＝定型から離れて存在しえないかどうかは、それがイデオロギーであるか否かという命題にひとしい。人民的意識態は「かれらの」イデオロギーを構成する思想極限の二辺に衝突するときだけ、イデオロギッシュな表現をもつのであって、それ自身は前イデオロギーにして超イデオロギー、あるいは、具体以上の具体であって抽象以上の抽象というよりほかはないものである。

では、このような非占有＝非定型は、何物によっても規制されることのない、ただのアモルフであるか。むろん、それは既存のすべてのイデオロギーの否定的な凹型であるという意味において、過去および現在との相関をもつ。だが、このような否定形はそのままではかならずその窪地から、一度否定したイデオロギーの相似形をうみだす。あたかも幕府権力と藩権力を否定した日本人民の二重の凹型が天皇制をうみだしたように。一次的な否定にとどまる反イデオロギーは、いぜんとしてイデオロギーの変種にすぎない。あたかも安保闘争後のあれこれの反イデオロギー分子が亜スターリン主義の波浪に呑まれたように。

したがって、第一次元に固定せしめられたアモルフは、人をして古い円環をたどらせるかっこうな媒体にしかならない。古典主義への復帰が行われるのはこの地点だ。アモルフは、無限級数的に高次のアモルフへたたみこまれていかなければならない。この高次性をせりあげていく力はどこからくるか。それは単に此岸の時間と空間からもたらされるのではない。現在はすでに終った。この完了した現在をひっこぬいたあとの現在が、現在から未来にいたる経過を明証するわけではない。この意識空間はすでに占有された。占有された空間を削りとったあとの空間が、かならず新しい意識空間になる保証はない。この力は低次のアモルフが彼岸の防壁から押しかえされることによってはじめてもたらされる。

現在から見られた未来はある蓋然率にはさまれているようでも、その未来から逆に現在を見かえすとき、この蓋然率を望遠鏡として眺めた視野のなかには、決してそのままの現在は見あたらないだろう。蓋然性が現在において正鵠を射ていればいるほど、逆手にとられたレンズには、現在とはひどく様相を変えた「現在」が、ちょうど初年兵の外出時に見られた街のように映っているはずだ。なぜなら、現在から未来への移行は、現在の意識時間を意識空間化し、現在の意識空間を意識時間化する逆説を通して実現されるからである。

中央対地方という対位法によって形成されていた意識空間は、前衛対人民という対位法をもった意識時間への質的転換を強いられることによって、その空間性を剝奪され、地方そのものの不在という意識時間をうむにいたった。この一次的アモルフを高次化する作業が当面する主要な思想局面であることは、うたがう余地がない。そのためには、ひとたび時間化されてしまったこの領域を、空間化された「未来」からふりかえらなければならない。未来のいやらしさ、強力さというものは、現在する意識空間をたちまち意識時間に編み直してしまうことにあるのではない。それだけならば、あえて情況の先取だなどとさわぐこともなく、眼をつむって達観しておればよいのだ。困難なのは、対位法を時間的継起性に代入することによって生じた意識時間から無化された意識時間をひきはがし、もとの意識時間と無化された意識時間との非連続性を意識空間の非占有性として編み直すことであり、その必要を瞬時もやまず迫ってくるところに未来のつれなさがあるのだ。

＊

ぬけおちたいっぽんの髪の毛のように無時間的に存在することの、さしせまった意味について、これ以上歌う必要はなかろう。辺境の辺境としてのひとすじの地方を時間化することにいま賭けていないからといって、おれがかくべつ頽廃的であるはずもない。

おれの空間はほとんど動かないように見える。どのような動態の美学をもちこんでも、そよともしない。昨日までたまには反射的にぴくりとしていた意識の分節も、今日は欠如そのもののようにおし黙っている。それはただの静態ではない。ある種の奇妙さ、おかしさにつつまれているのだ。ひょんなところから癌でもとびだしてきそうな感じをこらえているときの、尺取り虫の軌跡のようなもののほかには、今日動いているものはない。もし運動を対象化しようとするなら、一切のマチエールの基準をここにとらなければならない。そういうことがありうるだろうか。しがない地方生活――この言葉はおれにとって同義反覆だ――のわきのしたを地球がくすぐるといった風なことが。そして、めしのために死活を賭けた闘いがちいさな、ちいさな滑稽さのしぶきの塊まりとしてしか構成されえないということが。今日ほど喜劇的な時間と悲劇的な空間がするどく交叉した時代はないようにおもわれる。まるでそれはおれの眼に、未来の死者たちのいやがらせというぐあいに映る。わざわざきみを呼びだしたゆえんだ。

（一九六三年四月号「思想」）

筑豊炭田への弔辞

この世にはさまざまな死があるという思想と、すべての死は犬死であるよりほかはないという思想が、けんかもせずに同席できるのは通夜の晩だけだ。いずれにせよ生きのこっている者が死について語るのはすでに大きな背理でありこの背理を犯している気ままなおしゃべりに顔をしかめない陽気な死者があるとすれば、それはかれの生があまりに苦がすぎたからであるにちがいない。

三月の終り、石炭関係四法が成立したとき、きみ〈筑豊炭田〉はまたも鼻をつく、なまぬるい陥落湖のにおいが、すみきった包（パオ）のような家々をとりまく時期をむかえていたが、きみはまるで自分が死んだというわさにおどろいてかけだす落語の主人公のように、このニュースをきいていた。なんという死相だ。そういうおどけた死にざまをしなければならないくらい、きみの生は苦がかったなどとはいうまい。

五年前、あれこれの負債をひきずりながら、きみの断末魔を見るのだといっておしかけてきたおれは、夜ごとにおれがうなり声を立てて眠る屋根の色と、おれ自身の色とがようやく見さかいつかなくなっていることに、ほんのすこしなぐさめられる。音もなく崩れおちたな、きみは。いまにして、それがあたりまえだという気がする。

轢断された末梢神経の反射群とそれをかきあつめて新しい全体へ到達しようとする指のうごめきがおれにもある。だがきみは、人間の視線から解放された地下の、無数の空洞が得た自由と同じようなものを、おれの眼からかくし、ひっそりとなでている。しかしおれは死者の遊戯には加わらないのだということをおぼえていてくれ。おれはあの「黒」という形容からはるかに遠い、水棲哺乳類の皮膚のようなつやっぽい物質――それをめぐる圧倒的な集合性をもつ意識の塊まりにほれていたわけではないのだ。

おれがいま見ているのは、一つの極限値をもつ現実世界の野垂れ死だ。へどの出そうな「石炭問題」ではない。国会のザラ紙に印刷された、屑のような予算額。もうすぐ坑夫＝失業者は屑のようにそれを拾い、屑のように使いすてるだろう。そして幽霊の活劇にふさわしい盛り場はまだ何度も看板を塗りかえる。そこに何の動機が要ろう。主題があろう。荒廃するだけでは全面崩壊できないのが人間の町だと思ってみれば、ペンキはなかなか親しみのある物質だが。

実在という名にふさわしい実在がこの国にあるとするなら、そのなかのもっとも巨大な集塊が炭鉱であり、一人の渡り坑夫の意識における「炭鉱」だった。それは明治以来の「極右」と「極左」に放射されたかにみえるウルトラ・デモクラシイの社会経済的基盤であったばかりでなく、それらのもっとも強靱な思想的毛根部であった。支配者と被支配者を問わず、その思想がある界域を越えようとするやいなや、それはこの地域における地下労働の組織がうみだした「実体」に原基形態を求めるよりほかなかったのだ。いわばこの国の「危険思想」のすべては、無意識のうちにきみから規制されている、きみ自身の疎外形態だったのだ。

そしてまた、論理の当然の帰結として、きみの裏目にある弱さから離れて、どのような日本のおだやかな近代思想といえども、それ自身のスタイルをもつことはできなかった。なぜならきみは日本初期資本主義の決定因だったからだ。三池闘争を見よ。あそこに戦後労働運動の限界のすべてが流れこんだ。炭鉱―軍隊―炭鉱と還流する、一種の農本的色彩をもつサイクルは凝集して一つのスタイルを発生させ、このスタイルのなかに反農本的色彩をもつ坑夫たちが投企した。この円環の完結は、たちまち他産業の運動の鉄鎖となったがその完結からまた「おれたち」が発生したのだ。この現象は、疎外形態としての運動とその原基形態とが逆回りに近接したという事実からしか解くことはできない。

他のすべての労働運動が、三池闘争を再び疎外させた地点に根拠を求めたとき、おれたちは三池闘争よりも一けたちがうほど原基形態に接近した、異質の疎外形態を創造しつつ闘った。だれが何といおうと、三池ホッパー前の状況は思想的にも行動的にもおれたちによって越えられたのだ。その原因はどこにあったか。三池が意識の「炭鉱」から一歩身を引いて「炭鉱」を維持しようとしたのに対して、おれたちは故郷の粘結性と肉体の具足性を棄てつくすことに集約される「炭鉱」の意識構造の枠をさらに前方へ向けて破ろうとしたからだ。

おれたちがそれを破りえたかどうかは分らない。はっきりしているのは、ただ次のようなことだ。肉眼でとらえうるわが社会の極限値を示す最大のモデル地帯が、初期資本主義のうみだした歴史的観念類型の完全な解晶期にはいりこんだ。この事実は、あれこれの都市や田舎の変貌とはまったく意味を異にしている。それは炭鉱に興味があろうとなかろうと、日本の運動がモデルにする原基形態、すなわち「形式の鍛冶場」を「即自的な次元で」失ったことを意味する。見方を変えれば、この解晶過程の不安定さ、不透明さそのものがモデルとならざるをえない段階が訪れたといえる。根源的な深度で測られたばあいの日本の「大衆状況」は、筑豊炭田百年の地下労働の全面消滅という契機を通して、ついにそのスタビリティをゆるがす必然を迎えたのだ。

毒殺されたきみよ。肉眼的な基盤から追われ、そのゆえにみずからの限界値を純粋意識化し、そこをふみ越えようとする失業坑夫はどこへゆけばよいか。西側の共産党群がいうように、現実の基盤の変化に対応して、思想的極地帯をきりすて、生活中間帯に収斂する新しいパターンを探すべきか。東側の共産党群がいうように、原理の不変性を守るために、類型の歴史的限界から逸脱した部分をきりすて、行動中間帯のパターンにしがみつくべきか。それは究極のところ中間生活者か中間行動者かの選択を迫るだけであり、いずれもきみの問題の位相とはまったくちがう。

ここにあるのは、いずれ中間的類型と縁をむすんで落ちつくという種類の問題ではない。極限的類型からさらに極限の方へ向けてほうりだされた存在のマッスのことである。その存在を抹消するか、またはその意識を無視するか、どっちみち内的な殺人を行なわなければ第三者であることのできない十万のプロレタリアートとその家族の問題である。かれらに対して思想的に没落せよというのか。後退せよというのか。三池ホッパー前の状況以後における坑夫たちの戦闘的な苦悩をすべて忘れよというのか。それは革命の戦略ではなくて、詐欺師の口上ではないか。

きみよ。墓場よ。大量虐殺された意識たちよ。現代は何というふしぎな時代だろう。社会的実在が生きたまま殺されておれば、政府も資本家も革命家も知識人もみな祝福してくれ、屑金をめぐんでくれるのだ。かれらは自分の思想のネタがそこにしかないことを知っているからだ。だがいったん、生きた幽霊としての自己主張を公開しようものなら、よってたかって袋だたきだ。まるで幽霊がものをいうのは現代のドラマトゥルギーに反するといわんばかりだ。しかし幽霊がものをいうのは陳腐な常識だし、たたかれようと切られようとさっぱり痛くないのも自明の理屈だ。

かくて「基盤」なき原基形態が基盤の即自的喪失に先駆して、より高次の喪失をめざすことをもって、真の戦闘と呼ぶ時代がはじまった。それが「めしを食う」という観念の正当な現代的解釈ともいえよう。観客はよくおぼえておくがよい。「めし」といえば、たちまち「虚空」をおもいだすのがプロレタリアートのしるしだ。そしてめし=空白のなかに突ったっていないものを論理だなどというわけにいかないのはもちろんだが、同時に「めし」を実有としてのみ表現する労働者の習癖を今日以後ゆるしてはならない。

これは一見単純なようにみえるが、実は比喩を絶する事件なのだ。なぜなら形而上学者の脳髄にゆらめく影ではなく、歴史的に画定することのできる戦闘性をもった大衆部分が、客観的にその領域に追いこまれたからだ。生活者として必然に現実から剝離され、そのゆえに行動者として必然に越境した人間と、それと逆回りに歩いたおれのような人間とを混同してならないことはことわっておく。かれらとおれが「おれたち」でありうるのは、個人は分解し、集団は素粒子となる背理の時代に、肉体は動く監獄へ向けて解放され、意識は緑の牧場に幽閉されるといった、奇妙な二重のちぐはぐさの共有感だけだ。

この二重の解放と二重の閉鎖があたかも「親和力」における男女の関係のように交差して、絶大な水圧を支えようとする衝動から、いかにしてどのような力をとりだすか。きみよ。「おれたち」が何をしなければならなかったかは知るまい。知らないといっておけ。そして何かをしなかったことだけは確実に知っているといえ。

「おれたち」はすべてのことをした。まさにそのゆえに何かをしなかった。することができなかった——決定的な、ある何かを。それは何か。「おれたち」はどのような顕在的権威にも屈せず、顕在性そのものを敵として指向したが、にもかかわらず、そのゆえに「おれたち」は心ならずもきみを代表しなければならなかった。状況がそれを強いた。「おれたち」が「炭鉱」を「労働者」を越えようとすればするほど、「おれたち」はそれを代表せざるをえない破目におちいった。ためにに「おれたち」の底部にある根源的な矛盾は不発に終った。したがってなお「おれたち」は健在だ。このすこやかさへの屈辱をどうして他の世界へ伝えよう。
先夜、おれがそういったら、「あったーりまえ、あったーりまえ」と歌うような声につづいて、「決定的なことちゃ人間のすることかいな」「あんたがしたけりゃじゃまはせん。死んじゃるばい、いっしょに」「あんたもおれと同じ、くだらんことをいうようになったな」とごちゃごちゃになり、それから「カストロも、おれたちよりまだ何もしきらんかったばい」

（一九六三年四月八日「日本読書新聞」）

II

骨折前後

そのとき三日月と射手座が見えていたという気がする。そうではなかったかもしれない。炭鉱町にありふれた、粘りつくような乾いているような、ただの黒灰色の夜であったかもしれない。私はやられた、と見えて、その実ここへ事態を誘ったのである。私の無意識界のひそかな準備のまっただなかへ、折れ釘を一本くっつけた古いタルキが風を切ってとびこんできた。電柱と塵箱のためにあとずさりできなかった私は、真横に逃げて腰骨でも折られたらたまらないと一瞬計算し、左肱をつきだした。棒はその三角にとがった頂きをたたき、右手首に流れた。手首ははじかれて、なにか部厚い物質でしたたかに甲をうった。だがそのとき私の口から出かかっていた言葉は、へえ、おれをやるのかねといった種類のものであった。

あとから考えると、この瞬間の心理には長い歴史があるのだった。軍隊にとられたとき、GHQ新聞課と衝突したとき、共産党機関から攻撃されたとき、敵はいつも定石通りのルートでやってきて、私の誘いの網にかかった。この世に対する私の不満は、眼に見える襲撃の陳腐さといってもよい。

軍隊は営倉を、占領軍は解雇を、共産党は除名を、そしてあんちゃんは棍棒を……なんというマンネリズムであろう。これでは女からくすぐり殺されたりする方がよほどシックであるといわねばならぬ。そして、かれらが私を襲うのはまさにこのような冷笑に対するきまじめな報復であることを、私はまたも味わった。

彼について若干の紹介をしておこう。二十二歳、某東大教授と親類だと称している。つまり馬の骨じゃないというわけだ。いま京都でバーテンをやっている。この春まで大正炭鉱の労組中央委員をしていた。坑夫としてはかなりエクセントリックな若者だ。立候補自体がお笑いと見る向きもあったが、共産党細胞の応援もあって当選した。人なつこさとドスを利かせたがる癖があって、会社幹部ともつきあいがある。

有明海には片方の鋏だけやげに大きい蟹がたくさんいる。その攣きつった形をつき砕き、めったやたらにコショウをふりかけると、とびあがるようにからい奇妙な味わいがうまれる。坑夫たちが一世紀の間競いあってきたのは、かかる反自然的な生臭い鮮烈さであったが、三池闘争いらい潰乱に潰乱をつづける坑夫の戦線はようやくこの競りあいの内容をこれまでの定型的な反応形式では包みこむことができないこと、すなわちかれらの感情の風袋がどことなく破れたことを告げている。そのとき私たちは「大正行動隊」という名の、古い土性骨の上に立った新しい競りあいの形式をつくりだしたのだった。いわば坑夫の憎悪を私の侮蔑の指がこねまわしたのだった。いうに足りない退職金でわずかな飲みしろの借りを穴埋めし、都会に流れてバーテンでもしようといった元坑夫のやさしい心根がこのような組織に対して嫉妬にちかい渦を感じるのは当然といわねばならぬ。

「雁さんの評判はU炭鉱でもえらいもんですな」媚びと冷やかしが同時にふくまれている。一杯おごるか、それとも……という峠からのよびかけである。むろん私は一蹴する。「おお、君がUで何をしたかも聞いてるわな」大正炭鉱一坑からほど遠くないタクシー屋の前、六月十五日午前0時をすこし廻っていた。そのまま行きすぎかけた私の脚もとをめがけて、飲みほしたジュースの罐のような言葉が投げられた。「今度はおれ、Oの運動をしているからな。貴様たちには一票もやらんぜ」「ほうなかなか気の利いたことというじゃないか」「なにい、もういっぺんいうてみろ」Oとは、昨年末の合理化後の選挙で会社との結びつきをばくろされ、私たちからたたき落された前執行委員である。そして、このばくろには実に彼が一役買ったのであった。

一貫することのできない坑夫のかなしさを無慈悲にふみにじり、かれらとまったく氏素姓の異なる人間が平然とかれらの無意識界を組織し、リードし、銭までかせいでいる。そこへ彼はつっかけてきたのだった。ところで次のような挿話がそこにはふくまれている。彼が炭鉱をやめた翌日、二十一歳の中央委員である隊員Yを露地にひっぱりこんでなぐりつけた。行動隊十数名が謝罪を要求しておしかけた。同行していた共産党員は「おれはとめた」といって責任をのがれる。

彼の友人はタンスから短いやつをとりだして、にやりと笑ったりしてみせたものの、彼と共に一応謝罪する。だが夜ふけに再びかれらは隊員Sの納屋に自動車をのりつける。

いあわせた隊員たちはそれぞれ裁ち鋏や薪割りの位置に眼をつけたまま石のごとく動かない。かくて振子はいったん収まっていたはずであった。

その彼の友人がこの夜もヴァイオリン手の横に控えたピアノ弾きのように存在した。もう一人、かの十六、七歳とおぼしき少年がチェックのシャツ姿で放心していた。こちら側には風呂にまでハチマキをしめさせられてうんざりしているT鉱の青行隊五名があった。野球や空手は素人ばなれしている連中に眼くばせしただけで勝負はついたろう。

T鉱の無期ストはもう一月つづいていた。最近坑内に怪火を起こしたQ鉱の閉山が明日、いや今日提案されるという情報があった。春に大災害を起こしたO鉱では大幅賃下げが出ていた。大正労組の改選は数日後に迫っていた。これらが一つの田舎町のなかに噴きだしている事実であった。その底には名状しがたいガス様の頽廃が地下でつながっていた。行動隊はゆうぐれと共にQ労組の警戒をくぐって「Q鉱を遠賀のキューバにしよう」というビラを配布する手はずを整えていた。山元では炭労指令を返上し、独自のプログラムを樹て、福岡市の銀行へデモをかけ専制的経営者を打倒し、賃銀ストップの壁を合理化半年後にうち破ったものの、社民右派の総攻撃が会社側と手を組んで始められていた。

しかも一月前に隊員Yの妹が納屋で暴行絞殺され、警察は隊員の主力に向けて指紋採取その他の圧力をかけ、たくみに世論を誘導していたし、昨年夏のとるに足らぬできごとを口実に隊員Kをパクり、家宅捜索し、陰毛まで調べていた。

闘争の脈絡からいえば、あきらかにそこには網のにおいがあった。そして一つの暗示にかけるには彼は絶好の対象でもあった。事実、彼は少年に「あれたちを呼んでこい」と前方の闇に走らせ、彼が一人で帰ってきて耳打ちすると、「それならあれをもってこい」と例の古いタルキを取りよせたのだった。たとえそれが確乎たる網でなかったとしても、同行者や行動隊員をここで激突させるという手はなかった。しかし、またここでなにかが回避されてもならなかった。むしろそれは私たちにとって一つのチャンスでもあった。

なにゆえにそれがチャンスなのか。私はそのとき精密に打算したわけではない。だが、いっちょうやられて見せるかという不可解な衝動はその夜よりもはるかに以前から私のなかでうごめいていたものである。おそらくそこに私の自衛本能の形態がある。状況が自己の実存とどんな脈絡をもつのか、生理的にそれが見わけられないとき、私の無意識界はひそかに常識でいえばほとんど自滅にひとしいルートを用意し、故意に外部からの強制をみちびきいれ、それを手がかりに自己を確認する実験をすませると同時に、襲いかかった相手の勝利を信じている咽喉もとを突きあげる反撃の位置を確保しているのである。日本陸軍も占領軍も共産党もさまざまの交友も、結局のところこの種の餌食にしてしまったと私自身は思っている。

言葉の本質的な意味におけるこのようなエゴティズムのひざまずかざるをえない領域に、私は

「運動」という概念を設定しているのだけれども、外界のどこにも私はまだ自分ほどの敵を見いだしていない。他人は決して自分より以上に自分の存在の不正義をつくることができないという歎きに居直って、またしても私はかわいそうなやつを一匹血祭りにした。

両手は一瞬の無感覚からゆっくりと覚めていった。かすかな痙攣がはじまり、しだいに痛みが加わった。私はだらりとなった左手の親指をひきずりあげるように右手でつかんだまま、荒れ狂っている彼に近づいた。「おれを一発やってすうっとしたろう。いい加減にしたらどうだ」私は復位した王のように完全な演出力をそなえていた。自分の影が零度の水よりも冷たくなっているのがわかった。彼はいやいやをする子どもみたいに肩をゆすった。

攻守はところを変え、彼は恰好をつけるために嵐のあとの遠雷や稲光りを投げつけた。パトカーが灯りを消して音もなく寄ってきてほんの数秒停止すると、そのまま去っていった。そのすぐ十米くらいあとから二人のパトロールがあらわれた。「おれを現行犯で捕えんのか」わめいている彼に薄笑いをうかべ、「もう帰って寝なさい」というだけであった。

その夜は負傷を知らせなかった。私はひさしぶりの「肉感」にひたろうとしている自分の、孤独に閉鎖された形而上的な嗜好と一人で戦わねばならなかった。おそらく放っておいても、負傷は八方に有利な布石となってはたらくだろう。私はそのことを恐れた。

この襲撃は指導の頽廃によって一直線に右翼社民化しつつある坑夫の土着性が、外部の敵どものすくなくとも微妙な暗示によって、私たちとの物理的な対立者となろうとしていることを意味した。

　だがこの事情を正確に伝達するには、行動隊と私、あるいは東京の知人たちと私の距離は無視することのできないもののように思われた。

　行動隊に私は告げねばならなかった。——君たちの思想が「主人もち」になるやいなや、君たちはこの襲撃者そのものになるのであり、君たちと襲撃者の差は左翼的正統性を信じないという一点を除けば、君たちと私の差よりもはるかに小さいのだ。そして土着性に附着している右翼社民的な質を私が本来的にまったくもたないという原理を理解するようにならないかぎり、君たちは君たち自身に対する独裁をうちたてることはできないのだ、と。

　たぶんカンパをもってその日ぐらしの私を慰問してくれるであろう人々に私は告げねばならなかった。——君たちがこの暴力化しかけている右翼社民的要素、左翼社民も共産党もどうするすべも持たない下層プロレタリアの右方への流動化を純粋右翼の面からしか見ることのできない視野の狭さはおくとしても、はたして君たちはかれらよりも左翼であるのか。

　代々木主流派と構造改革派はどちらが右か左かという問が滑稽にしてかつ難儀な問であるように、襲撃者の方が君たちよりも明らかにぎりぎりのところ左であるという問題の前にどれだけの戦慄をおぼえたことがあるか、と。

　だが私は苦痛のなかで陶酔するしばらくの時間がほしかった。石膏で固められた左腕はまるで私のからだを手ごろな岩とでも思いこんだらしく、筒状の闇に忍んでしきりに沈黙を誘った。卓上にかたりとそいつが横たわり、鈍い通信を送ってくるとき、イデオロギーの微視的な両極しか所有しない私の重心はゆらいだ。歯には歯をという連中を二日二晩おさえつけて、ウナギ釣りに出かけたりした。暗い水面を透視していると、馬の爪のような鋲に二メートルほどの竹竿と同じ長さに紐をつけ、それを投げて雷魚をしとめるという老坑夫や、毎夜マムシをとらえて生計の足しにしているという南島からの坑夫などがひたひたと歩いてくるのであった。

かれらこそ武器を語るに足る資格をもった人間かもしれなかったが、いたずらにわが家の婆さんが狩猟本能に無理解なのを歎いていた。

数日後に私の家に呼びつけられた彼は、また別の少年をともなっていた。少年は戸口の前の踏み石に腰をおろし、小声で歌ったりしていたが、胸もとからは作法通り愛らしい刃物がのぞいていた。この十七歳も旬日ののち事情を知って「ふえっ、命拾いした」といいながらブラジルへ発っていった。

大正労組の選挙は完敗した。私たち左派と中間派（社会党左派、共産党）は一掃され、社民右派が三役を独占した。一月後に、この執行部は行動隊の痛烈な指弾の前に瓦解した。その次の選挙には右派も中間派も立候補しえず、行動隊派のみが立候補したが、臨時大会によって辞退することになり、新しく選挙が始まっている。

現実の彎曲した壁面にむかって乱反射する坑夫群の方向係数はなお揺れつづけている。そして行動隊員の数名に、京都へ再びもどった彼から暑中見舞の葉書がとどいた。印刷された文句と松の枝に鯉の模様のほか何事も記されていなかったという。

（一九六一年八月一四日「日本読書新聞」）

「サークル村」始末記

五八年九月から六一年秋まで発行された「サークル村」をめぐる運動がどのような意味で《ユートピズム》の一変種とみなされるのか、私にはよくわからない。「村」と名がつけばたちまち農本主義かユートピアに思いをはせる連想作用のせいとすれば単純すぎるが、この名前は上野英信や森崎和江とコタツをかこみながら、私が提案したもので、種をあかせば「動物村」のもじりなのである。その洒落はあまり通じなくて、会員のうちにも「サークル・ソン」と大まじめに発音する八字ひげの村議のような若者が何人かいたから、はからずもこの名は画餅に帰した熊襲風の大野望とみればみれないこともないようなこの雑誌の体臭と、どこかで対応することになってしまった。

ということは、つまりこの九州という土地では、毛むくじゃらの泥だらけの大だんびらの——といった系列の形容群に相当する心情に眉をしかめて、それを避けることでは、現実の日常性からたちまち見放されるし、かといって露悪趣味にのめりこめば、本土人の情緒とさっぱり交通不能になるというちょっとした障碍があるということである。おそらく「サークル村」が「思想の科学」編集委員諸氏にユートピズムと認定されたのは、私たちがそこのゆきちがいを意識しておこなった演出が、それ自身演出の常道に反するものと映るからであろう。

たとえば、この雑誌の「創刊宣言」を私はつぎのように書きはじめている。「一つの村を作るのだと私たちは宣言する。奇妙な村にはちがいない。薩南のかつお船から長州のまきやぐらに至る日本最大の村である」こう書くとき、私はなにもアメリカ人なみに「史上空前」とか「日本最大」とかの形容にほれこんでいるわけではない。ただ、アパートからきたない二階に移って敷金を浮かせ、創刊号の印刷費を作ってくれた全逓のT夫婦やその他のだれかれに向って、ユーモラスに感謝の意をあらわしているつもりなのである。巨大な形容をきまじめに述べたて、ちょっぴり本気だよといってみせると、先方もまた何万かの金をこんな空の空なるものにひょいと投げだすようでなくては労働者とはいえないからなあといった風に、満足気な微笑を返してくるのである。

そういうピンぼけの、むらっ気の、逆説あそびなんてものは屁にもならないと主張する哲学もまたこの土地ではまことにさかんであって、それを口角泡をとばして力説する人間にしゃべらせておくと、しまいには彼自身、超ド級の比喩の大波におぼれて、逆説また逆説の抜き手を切るにいたる。そこのかねあいをほんのすこしどちらかに傾斜させることによって、九州のすべての現実は悲壮劇に表現することもできれば、軽喜劇に仕立てることもできる。しかし、そのいずれもこの島の日常的本質を立体化する方法とはいえない。ゆれうごく神経のバランスを精密にとらえるにはあまりにももろい土器質の言語で、いわば第三のドラマとでもいったものを構想するよりほかにしようがないのである。

「サークル村」に最初から最後までつきまとって、ついに解決を見ないまま投げだされている表現上の課題といえば、このようにフレのはげしい土着の心理模様を、いかにして普遍的な感覚と脈絡づけるかということである。もちろん普遍的というのは日本全国の平均値という意味ではなく、私たちがふとしたはずみで日常性の彼岸からシャワーを浴びせかけられるときの自己超越的な感じというほどのなかみである。この首すじの細胞をちょっぴり痙攣させてみたい欲望のために、いささかドラスチックな雑誌を作ろうとしてみたにすぎない。

それまで南の田舎町で小間物屋を開店しながら肺病を養っていた私が、進行しつつあった恋と平行して、九州大学近くの学生下宿に移り、八年間離れていた北部九州の労働組合やサークルの会合に出てはしらみつぶしにケチをつけ、まつろわぬ者どもを平らげて、鉄と石炭の相会うところに居を定め、貧とも寒ともいいようのないあばら家に大あぐらをかいて、牛の内臓を焼くけむりに染められた集会のかずかずを催し、ついに共産党と戦端を開くにいたる一幕は、実のところ浪曲物語にでも仕組んだ方がさらりといくのかもしれないが、私にしてみればいっそきまじめに第三のドラマを自作自演しただけの話である。

私たちの政治的アイディアは、政治の表層とできるだけ無縁に自分を保つことによって、政治の深層部分に関ろうとするところにあり、そのために田舎ではむしろ共産党員として一括されていた方が世間の監視の眼を粗くするのにつごうがよいという事情もあって、離党したがっていた上野を私がひきとめたりしたのだが、その底には——日本の諸運動を内部から批判する支点としては、いまのところ文化主義、サークル主義の衣をすすんでまとうよりほかに大衆的な基盤がない——だがそのコースに応じてくる部分は中間層意識でしかないから、それを呼び水としてより下層のプロレタリアの行動をひきだそう——そのばあい共産党がこの方向を支持する可能性を三十パーセントと見て、いずれ再編の季節がくることを覚悟しよう、という目算があった。

この計算の甘さはやがてはっきりする。しかし、甘さなどということはことのはじめからわかりきっているともいえるのであって、もし私たちがこの甘いコースを採用しなかったばあい、私たちがなにか生産的な状況を保持したであろうとは考えられない。違算を知りながら、あえて違算を犯すよりほかに道がないという認識方法をユートピズムというなら、私などもその類に加えられてしかるべきかもしれない。だが、それはまあ、悲観的ユートピズムとでもしなければ、かんじんの味覚とはかけちがってしまうていのものである。

ところで、そもそもこの世に定席のない人間たちが、まるで眼の前にひろがる野原をながめた脱獄囚のように、奇妙なさけび声をあげて雑誌作りに夢中になっているというような話は、楽観的リアリズムを信奉する者には愉快であるはずがない。私たちには闇と感じられるものがこの人たちには光であり、私たちにとって光であるものが逆に闇であるという完全なすれちがいが、一度この種の人間たちに意識されはじめると、かれらはかならず人類の健康の名において攻撃してくる。私の理想からいえば、この悲観的ユートピストと楽観的リアリストは学齢期に達する頃に両者をひきはなし、それぞれ別の人類として訓練した方がよいという意見になるのだが、そんな見解を口に出せば出すほど、私たちは見えない小共和国の方へ追われていくわけである。

この小共和国の性格はどんなものであろうか。哲学としては、無葛藤理論の全否定にもとづくオール葛藤のコンミューン主義、加害者共和国。美学としては、ロシア革命前後の表現主義、構成主義にアメリカ西部風の「失われた世代」精神をかけあわせ、それにモンスーン地帯の東アジア的香辛料をねりあわせた混血趣味――といったぐあいになるのではなかろうか。そこでふらつきながら、とうとう虎を描いて猫に堕したのが「サークル村」である。

とすれば、「サークル村」の正統派は今日どこで虫の息をしているのだろうか、という話がときどき出る。常識家は、それは「大正行動隊」に変異しつつ遺伝したと答えるようであるけれども、私にはかならずしもそうは思えない。「大正行動隊」は、「サークル村」が自分の追われていく彼方にあった哲学と美学を原理的に承認すべきかどうかに動揺し、潰乱しつつあったときに、口笛でも吹くような気軽さでそれを肯定し、動きだしたのだった。それはかれらが活字とまったく無縁に自分の思想を保ってきた結果、到達しかけていた気分によるものであった。したがってかれらは、この気分を孤独な営為によって対象化しなければならない局面にぶっつかると、対象化よりも自己放棄の快よさに食われてしまうのであるが、いずれにせよ、かれらは「サークル村」よりも一尺低い層から出発したのである。

むしろ「サークル村」の本領をなおも固執して変らないのは、最南端の鹿児島の離島や辺地に周囲の住民を呪いながら核のようなもの、原形質のようなものを探しもとめている一群だという説もある。私自身も、かれらの一人がたまの休みにたずねてきて、軒したをのろのろ通る貨車を眺めて、「ああ、機械はいいなあ」といったりするのをきくと、目前の現象をすべて一つの前史として算定することによって、亀裂と戦闘の時を待っていたころの野宴のばかさわぎの嫡出子がここにいるという気がしないでもない。正統派は柳田民俗学の図式にしたがって、遠くの方に残存する。

だが、借り部屋のかたすみに炭塵をかぶってリンゴ箱におさめられているバック・ナンバーを見るたびに、私の網膜をかすめるのは、私の悲観的ユートピズムのいがらっぽさにのどを痛め、舌を荒れさせてしまった何人かの人間たちであり、なかでもそれをまともに受けざるをえなかった二人の事務局員の顔である。

最初の事務局員であったTは、内臓を悪くしてヤマを辞めてから数年になる元坑夫で、大阪の細民街にうまれ、転々として筑豊へ流れてきた中年の男である。石山の人夫としてはたらく妻と二人の子どもがあり、生活保護を受けている彼を追いだしかねている労務のしぶい顔にもかかわらず、そのまま納屋にいすわっていた。といえば相当なしたたか者にみえるが、実はつめ襟の服が似あいそうな勤直小心の朴念仁で、人あつかいを気にする上野でさえ、しばしば彼のホルモン焼のほほばり方のみごとさをからかった。そんなとき、彼はほっぺたをふくらませて、ふふふと無力そうに笑うのだったが、彼の家をおとずれると、まるで外光がいやだといわんばかりに、内側から硝子窓に新聞をはりめぐらしていた。文章を書くと、きちょうめんな字で、強姦殺人の無実を晴らすことなく死んだ狂人の父親のことや、昔の女工風の青白い皮膚がみえるような姉の不幸などを、折目正しくつづった。

「君は全然〝路傍の石〟だねえ」と私はひやかして、彼の文章を生活記録のなかに数えたが、彼は気負い立って、小篇をいくつも書き、古原稿紙の裏に鉛筆でしつように推敲した文字をむりやりに読ませようとするのだった。坑外の鍛冶場にはたらきながら四百枚の長篇をすっとぼけた顔でもちこんでくる五十近い努力家もいることとて、私たちはべつにおどろきもしなかったが、端座瞑目して批評を待ち、最後に「それで結局どうなるのですか。やはりだめですか」と念をおされるとき、私は生活というもののへんてつもないおでこにいやというほど鉢あわせをする思いであった。

生活があり、生活しかない人間の押してくる、あっけらかんとしたとりとめのなさ、無念さをどこでどう受けとめれば生命感にいたるのか。ただそこに石があるから石があるというだけの無比喩の世界のぶきみな表情をむきだしにして、彼は問うのだった。「なぜ実感そっくりに書いちゃいけないんですか」、私は大阪でたまたま関根弘に話していた彼の友人の意見を思いだした。

「アバンギァルドはもう常識になってしまったからね。おれは、雨がふるときには雨がふると書くのを、ほんとうのアバンギァルドだと宣言しようと思うんだ」「うーん」関根はうなった。「それはちょっと早すぎると思うね」そばできいていた私は腹をかかえたけれども、たしかにTのがんこきわまりない見解こそ早すぎるアバンギァルディスムというおもむきがあって、素朴唯物論、俗流大衆路線、実感信仰などといくら述べたてたところで歯のあと一つ立たないのであった。

上野はくやしまぎれに彼の事務のずさんなことを数えあげたりしたが、一言の弁解もせずまたも同じミスをくりかえす彼の悠容たる態度にヒステリカルにならざるをえなかった。そして私が臥蛇島に渡っていたある日、とうとうTに首を申しわたしたのであった。Tが共産党の地区常任からおしつけられる仕事のために、「サークル村」の実務を停滞させ、それに文句をいう上野にむかって「これは大衆運動、あれは革命運動。さて、どちらが大切でしょう」といった風情をくずさなかったからである。事務は苦が手だといって逃げていた私は、上野にも同情したけれども、匹夫の志だけで生きているTの盤石のごとき疑問にこの雑誌が答えることのできない、ある軽々しさを痛感しないではおれなかった。

Tにかわって、久留米から呼ばれた学生あがりのHが事務を担当することになった。Tは残った雑誌を売りさばいて、いくらかの利益を生計費にあてることになり、私のお古のハンチングをかぶって、炎熱下の鉱害地帯を歩きまわったりした。職のないままに貸本屋兼たいこ焼屋を経営していたHは、わが国における文学青年の大半がもつ、文学に関する散文的固定観念を牢固としていだき、万年床の汚臭と眠たげなまばたきから絶縁された芸術など考えることができないといったぐあいであった。プロレタリア的お茶漬主義の上野が、「朝っぱらから毎日、中華料理を食わされているみたいな」私との壁一重ごしの隣人生活にうんざりして、福岡市に越してしまうと、Hの動きはますますのっそりしたものになり、私のゆきあたりばったりの激励演説に対して「人民の理想とは、酔生夢死ではあるまいか」と口走るようになった。彼の女房的肉眼によれば、私の強調する危機の旋律などは一種のアリストクラシイであって、「生きてるからには、ひとさし舞わずばなるまいて」という私の口癖なんかは物品税をかけられてしかるべきものであった。

「サークル村」への共産党の攻撃がはじまった。地方の党員たちにとって、私たちの内部葛藤理論は耳なれない異風の騒音から、存在の根をおびやかす自滅的ラディカリズムと変った。だが、かれらの看板は世界的流行にしたがって「修正主義批判」であった。党と無縁であったHにとっては、突然にまきこまれた渦ではあったが、党側の認識方法の凡庸さについてはある程度同情的であったのかもしれない。この種の問題に関して、彼ほど一貫してなんの高揚も示さなかった人物はめずらしい。彼はむしろ紛乱をもっけの幸いとして、護送車を見送る通行人の目つきをしながら、淡々となまけていたので、あとから「あれはまさか党からのスパイだったんじゃあるまいな」とかんぐる連中までとびだす始末であった。

それにくらべると、Tの煩悶はいじらしいほどであった。彼はひざづめ談判で私に「どうか和解してくれ」と頼みこむかと思うと、つぎには党の官僚主義と「サークル村」の屁りくつのどちらもまちがいだと審判官気どりになるのであった。党は、病身を理由に彼を除籍すると、かわりに彼の女房を入党させた。彼は腹背から追いつめられ、「弁証法」にこりはじめ、「仏教ですよ、ええ」と即身成仏の道を必死に探求した。その結果、ときを告げる鶏の一声や野良犬のそぶりがすべて深い意味をもつものとなり、彼の国定教科書風の良識はついに「サークル村」会員にふさわしい怪奇混沌へと進化したのであった。ある朝、無賃乗車でひきわたされた一人の男が黙秘権を行使するのとともに、綿々と共産主義らしい命題をつぶやくのをきいた警察は、もしかすると大物ではあるまいかと色めき立ったというが、彼がいささかクレイジイであることに気がつくまで十数時間を経過していた。

まもなくHは出奔し、あとにはめちゃめちゃにこんぐらがったままの経理が残された。党との紛争で会員は退会する者、なんとなく遠ざかる者が多く、三池闘争、安保闘争の熱気は残った会員たちの文化主義の衣装をはぎとった。炭鉱地帯の夜をしのびやかにはう霧はしだいに薄くなり、豆炭を焼く臭気までかすかになっていった。ホルモン焼の常連であった「サークル村」のばかさわぎは絶えてみられなくなった。余じんをかきあつめて点火しようとする「大正行動隊」のヤッケ姿がそれにかわった。悲観的ユートピズムは、それへのこだわりをもちつづけた二人の事務局員の発狂と失踪によって、思わざる「超」リアリズムへ転位せしめられたのである。

軽快したTは昨年の春、希望退院してきた。はたらきに出る女房がせめて子どもの守りをさせようと、共産党に鼓舞された加害者精神を発揮した結果である。三池、安保、除名、全学連……

そんな単語の出てくる世間話を不動の岩のようにきくことになった彼は、ある夜またも私の家に端座して、カッカッカッと笑いだした。「とうとうだめです。やっぱりだめになりました」そして、ほろほろと涙をこぼし、ふいに歯を食いしばり、また笑った。かけつけてきた「大正行動隊」員を、この「サークル村」会員は異形の者のようににらみつけ、それから私のもとにすりよった。

私たちはいやがる彼を両側からはさみ、「アカハタの歌」をうたいながら、精神病院へのでこぼこした暗い坂道をのぼっていった。逃げだそうとする彼は、ふとそこが病院の近くだと知るや、「なんだ、ここは××園じゃないか」とつぶやき、私の方を向いて「ゆきますか」ときいた。「ああ、いくよ」私が答えると、「ゆきましょう。えい、ゆこう」そういってもう一度逃げようともがいたが、だめだとわかるとすぐおとなしく歩きだした。病院の玄関で、彼は――小日向哲也、沖田活美、石牟礼道子……と大声に「サークル村」会員の名を呼んではいっていった。彼とともに、その動かすべからざる「実感主義」とともに、「サークル村」はいまここへはいっていくのだと考えて、私はしばらくひっそり立っていた。

（一九六二年六月号「思想の科学」）

遊民と賊のあいだ

筑波常治『日本人の思想』、白鳥邦夫『無名の日本人』をめぐって

農本主義とは農民の思想そのものであるかという疑いに、私たちはまだそれほど鋭い答案をもっていない。人間を組織する思想とそれによって組織される人間の思想との落差であるとか、この函数関係の成立する時代や層をめぐるさまざまの錯綜した関係であるとかをもうすこし解きほぐしてみなければ、そもそも農本主義とは何かということすらわからなくなってくる。

たとえば、「一部の論者たちは、日本の農本主義を、地主あるいは豪農階級のイデオローグにすぎないと規定して、戦後の農地改革により階級的基盤を失った以上は、とおからず消えうせる運命にあると楽観する」(『日本人の思想』二一頁）という風にいわれると、農本主義なるものは地主・豪農がその創造と伝播の機能を同時に果したかのように読みとれるし、事実そんなぐあいに考える人もあるのかもしれないが、私などはそんなことは根っからありえないと思っている。だからこの命題に反対して、著者が「しかし、日本の農本思想は、けっしてそのような特定集

団だけの独占物ではあるまい。それはむしろ職業としての農業からはなれても、あらゆる日本人の思考の内部に、ガン細胞のように巣くって増殖をつづけているのではないか。極端にいうならば、農本思想こそは〝日本人の思想〟そのものではないか」と大上段にふりかぶったりするのを見ると、つい「そら、その大時代なジェスチュアが農本主義なんだよ」と半畳を入れたくなってくる。対象を圧縮しようとして、かえってふくれあがらせてしまうのは、意味をたちまち無媒介的にシンボルへおしあげてしまう性質の人間、つまり私のような人間がよくやることであるのに、筑波氏のように冷静な合理性をたっとぶしかけになっている人がすぐその裏目を出してしまうところに、農本主義日本のおもしろさがある。

つまり私の解釈によれば、人間を説得したり組織したりしようとすればするほど、思想の裏目裏目が出てきて、それがいつのまにか積分されるようなからくりになっている社会のなかで、いちばんくそまじめな、表の目だけを数えたてる人間が農本主義者だということになる。そして、かかる謹直誠実な人々は媒介不足の象徴主義者に「おまえはふまじめだ」といって唾を吐きかける前に、いったんは「おまえは農本主義者だ」といってその危険性をこんこんとさとす手順になっているのが、日本という国のホームドラマの筋書きなのである。

農本主義を論ずるばあいには、したがって、くそまじめな農本主義批判者は絶対的に農本主義者であるという定理をまず確認してかからないとけじめをつけるいとぐちがなくなる。そこが農本主義の思想としての精髄であるから、筑波氏だけに泥をなすりつけようという気持は毛頭ないけれども、農本主義を日本人が一歩外から眺めようとするとき、やれ「温和な日本の風土」だの「非旅行性民族」だの「外来思想の農本化」だのと、あたかも自分が酷烈な精神の気候を知っているかのごとく、ちょいと気楽などてら姿になっちまうのが私にはやりきれない。

農本思想がどんなにワヤクなものであろうとも、ひとたびそれを思想と認めるからには、それは一切の外在的批判を拒絶するものであるという覚悟をした上でなければ、思想批判の前提が成り立たぬ。まじめスタイルのどてら姿では案山子にもなれないのである。農本主義者でなければ日本のマルクス主義者にはなれず、農本主義者でなければ日本の近代主義者にはさらになれない。そしてこのような農本主義を徹底的にたたきつぶさなければ、日本という国家社会は変りようがない――ということぐらいは思想を自分の顔として朝夕の鏡に映すように眺めて見るくせをもった人なら、だれでも知っている事実である。しかし、そのことが直ちに「…とりもなおさず仮り着を着用する本体が、つねに別個に厳然と存在していたからにほかなるまい。その本体こそは農本思想いがいの何ものでもない」という定式に連結するであろうか。つまりそこで本体として想定された農本思想は、農本主義と同義語なのであるか。もしそうだとすれば、私は怪しいものだと思わないわけにはいかないし、農本主義の皮をむいてしまってもまだ何かが残ると信じているのである。

なるほど著者がいうように、日本のマルクス主義、実存主義、プラグマティズムなどは、農本主義にくらべれば思想の皮でしかないだろう。しかし、そのような事態が起りうるのは、農本主義こそ皮のなかの皮であるからではないか。つまり、思想というものにつきまとわざるをえないその偽装性が日本人の身によく合っているというだけでなくて、それが最初から偽装性だけで支えられ、成立しているような種類の思想であるからではないか。

農本主義を太陽が昇れば耕し、太陽が沈めば眠るといったたていの一種のナチュラリズムと直流させてしまえば、温帯地方の米作民族というような自然的規定(それを苛酷と見ようが温和と見ようが)にチューインガムみたいにくっつけることができるし、つぎにはそれをつまんでひっぱがそうとするときの喜劇的な手つきが出てしまう。たしかにそういう農民は今も昔も腐るほどいるし、そのような農民と何の関わりもなく農本主義が成立するはずはないけれども、しかし農本主義の起点はそこにあるのではない。むしろ逆に、温和な思想風土のなかに突如として起り、たちまち手かせ足かせをかけられてしまう日本的な砂あらしや雷雨としてその起点をみつめなければ、何の思想的意味もそこにありはしないのだ。もちろん、それは和辻哲郎風のモンスーン説ではなく、完全に思想現象として社会構造の内部ではじまり、また終ることがらなのである。農本主義だからどこかにそれを解く自然の鍵があるはずだという想定こそ、あまりにも農本主義的な発想といわねばならない。

一見まことにナチュラルであるように見えながら、あくまで本性のばくろを避け、逃げて逃げたあげくに偽装それ自身が自己目的と化したエネルギーが噴出すると仮定すれば、そこが農本主義の起点である。だが、それは偽装をことする思想であるから、エネルギーの永続を保証することができない。したがって、いつか再びその嵐が起ってくるまで葉や茎は枯れてしまうが、根だけは残り、その根が根それだけでも繁殖するし、枯葉は枯葉で繁殖するような異様な植物を考えれば、農本主義のイメージにやや接近することになる。だがそのやみくもな増殖力や多系性は農本主義の二次的な性格であって、思想的エネルギーの喪失の結果として起る現象にすぎない。そこに農本主義の陥し穴があるのである。

常識にいささかそむくことになるかもしれないが、私の考えでは、農本主義は自然となだらかにつながって発生するものでもなければ、歴史と順接関係を本来的にもっているものでもない。それは農民の心情的流動性すらほぼ完璧におさえつけられてしまった近世のある時点で、まさに全農民の自然的心情の傾斜に対抗して起ったものだと考えている。それゆえにこの思想が表向きには「定着を、定着を」とよびかけているのは、一度根本から疑ってみる必要がある。すくなくともそれを農民の思想的内部をもっと深く、もっと広く流浪せよという裏目のほうから見たなら、いくらか真相に近づくことができるだろう。柳田国男の用語をもっていえば、農本主義は「常民」の側からする「遊民」の否定ではなくて、「遊民」の立場に自分を抽象的に位置づけることの可能な「常民」によって唱えられる「常民」主義であり、具体的な「常民」にも、また支配者の「おほみたから」政策にも衝突するものなのだ。その対立を、相手方を肯定する論理形態をいちおう前提におくことで、自分のほうに有利に引きよせようとする詐術は、農本主義者がどこからか学んだもの、たとえば「遊民」の徒から教わったものであるかもしれない。

だがそのような発生的根拠のいかんにかかわらず、農本主義とは「常民」がただの「常民」でなくなるためのもっとも偽装的な方法であると考えればよい。したがって、それはマルクス主義やプラグマティズムよりも思想の伝達機能に関してははるかに神経質であり、裏がえされたコミュニケーション論のかたまりであると見ることができる。おそらくその底には人間のしあわせをコミュニケーションの拡大充実としてとらえる独特の幸福論がある。

コミュニケーションの枠がひろがり、その縦深が厚くなることが物質的な力の表示にほかならないという考え方は、貴種流離譚なぞをもちまわった「遊民」たちが村からとびだしていくときに抱いた最初の思想であるにちがいない。それは存在から切れたメディアの意味を強調することで自分を顕示できる層でなければならないが、それは常識が予想するように村の最上層ではなく、まず村の最下層が夢にならぬ夢、言葉にならぬ言葉を抱き、それを中層がやや整理された形で上層に伝え、上層がそのふわふわしたまぼろしのどこか一点をピンでとめるといったサイクルのどの部分からも遊離するのであって、いわば村のなかの二つのエコールの一つであり、まちがっても地主・豪農という風につごうよく整序されてはくれないのである。

村の思想をふまじめやつらが代表していた時代からまじめさの系列にとってかわられる時代への接点で、衰弱の前の炎のゆらぎが起るのが、農本主義の起りである。したがって農本主義の始祖たちを、大蔵永常だろうが佐藤信淵だろうが、まじめさの系列でとらえようとするのがもともとおかしいのであって、彼らが村をとびだして農民に説教する自分自身の矛盾を頭から問題にしないのは、あほらしくもやりきれない村の矮小な現実を自己の内部でごまかすにはどうすればよいかという一点にさんたんたる苦心を重ねる種類の人間で彼らがあったからにほかならない。永常も信淵もいずれ三年寝太郎の変種であり、真の農民思想は農本主義にも反農本主義にもならないいままもぐりつづけて今日に及んでいるといってよい。

さて、農本主義とは元来村のふまじめなやつらの詐術の論理が村から流離しないではおれなくなったところからはじまり、しだいに自分が一箇の詐術に化身していくことで、超くそまじめな気のぬけたパターンとなって終るといったわけであるが、その現実的な有効性を探せば、それは存在を定着させたまま意識を流動させたり、あるいは流動する存在のなかに意識の定着の場を発見させたりすることができるという形而上的な一面にあるだろう。農本主義とは、動けないやつが旅をする方法であり、とりとめもない浮草野郎が家をもつ手段なのだ。

とすれば、いつだれが農本主義をまじめな実感主義の同義語にすりかえたのであろうか。おそらく、それは、すべての主義主張がそうであるように、最初のイデオローグの角をとり丸めてしまった継承者たち、中位の組織者たちであったであろう。たとえば、安藤昌益は筑波氏によって空想家と非難されているが、昌益の昌益たるゆえんは彼のあの土くさい抽象力の純粋さにあるのであって、それは決して土着性そのものではないとしても、土と距離をとろうとしない観念のもつ突きあげを空想といってみてもはじまらない。永常にくらべれば昌益のほうがはるかに強烈に自己の「常民」と「遊民」の離れぎわを対象化したという事実はどうしようもないのである。

いつになったら私たちは、日本的まじめ主義とそれをまじめに否定するエセ近代主義からさようならをすることができるのか、私には見当もつかないけれども、それをやるためには近代的合理主義などという言葉を断じて呪文に用いないくらいの農本主義的倒錯は心得ていなければならぬ。

そういう眼でみたとき、私には『無名の日本人』(白鳥邦夫) のほうがはるかに農本主義の内部に深くとらえられることで反農本主義的な主張をもっていると映る。この本の第二章に彼は早くも「まじめにならないこと」というすこぶるまじめなタイトルをつけ、「しかし私はちがうと主張せよ」「あつかましくなれ」「反撥を買え」「自分の悩みは絶対他人には理解できないのだと確認せよ」「赤字で雑誌を発行せよ」といった反農民倫理の札をつぎつぎに並べたあげく、最後に「無名であれ、現場を離れるな、持続こそ美徳である」ときわめつきの農民倫理で一点をピンでとめる。同一方向の直線的な命令形の群をこうして一箇所だけそれらと方向を逆にする命令形によって固定するという構造こそ農本主義の構造的特徴である。そしてこれは多小イキの悪いところはあるが、ほぼ私のいう一次的農本主義に近い。この符号を全部逆につけ変えてしまえば二次的農本主義、常識のいう農本主義に転移するし、それをさらにポエティカルに圧縮すればいわゆる農本ファシズムが出現するのである。

多く戦中派のように、白鳥氏は自分がそのコースを歴史と逆さまにたどった者であると主張する。

「白鳥邦夫の血の歴史は、すでに長野中学校時代に始まる」私などは戦争中このような文体からするりと逃げる鬼ごっこみたいなものをくりかえしてきた青年であったから、今になってこういうものが出てくると、気をゆるめたとたんに鬼の影法師がのぞいたような一種の犯則を感じないわけではないが。

「――その手拭ひを借せろ。
一人の中学生が引張る。
――だめだ。これは
――畜生！　借せったら。
――だめだ。神風手拭ひなんだ。
――なにっ、神風だ。なんだっていいんだ。おれの友だちが死んぢゃふぢゃないか。
……………………
――なに言ふんだ。これ汚しちゃいけないんだ。恩賜の手拭ひなんだ」

という勤労動員当時の手記を読むと、自分の手拭いをよごしたくないただの徹底したケチくささを固いシンボルの壁で瞬時に無意識のうちに包むことの可能であったころ、同じように私の犯した不正はいくらもあったし、そのためにこのような滑稽さに全部口をあけて笑えない自分があり、そういう自分への怒りをもつべきなのに口をぬぐっている前世代は弾劾されるよりもむしろ軽蔑にしか値いせず、したがってそれを怒るよりはかつての中学生のまぼろしの肩をぽんとたたいておくほうがかえって皮肉な批評になりうるという計算を生じ、その計算のなかにある一種の軽々しさを抑えるために「血の歴史は……」とにぶく低くうなってみたくなるという脈絡をたどることはできる。

だがこの感情のサイクルはもともとエネルギーの一滴もむだにしたくないというケチにはじまってケチに終る回路であるから、それの全部がむだなのである。「白鳥邦夫のこと」と銘うたれた第六章は、引用した中学生当時の手記をのぞけばどうしようもない駄文であるばかりでなく、彼の思想の全部が中学生風のナルシシスムと密着した凝灰岩であることをいやおうなしに告げている。これを読んではじめて私は「自分たち戦中派のやっていることはみんなむだなのだ」といつか書いていた吉本隆明の言葉をまざまざと思いだした。

農本ファシストから第一次農本主義へと遡航して、そこからもっと広い世界へ出ていこうとする経路がはたしてむだであると断定されねばならないものかどうか——そこには白鳥氏の勝敗がかかっているばかりではない。戦後思想の運命がかかっている。だがこの経路を内在的にたどろうとする者は、自分のうちにかつて住んだことのある少年ファシストをそのまま飼育しておかなければ思想の起点がわからなくなる。そういう意味で内部の核が成熟することも、自己変革することも許されない。というだけでなく、彼は過去に一次的であったものをN次的に、N次的であったものを一次的に体験する。このような二重の逆説に耐える思想とはどのようなものか。ようやく老いはじめた戦中派は、ここで再び難所にさしかかったといえる。

ところで、自分のなかの農本主義を二つの糸に分極させ、それを気ままにスパークさせて、農本主義を重積させたり消滅させたりする小実験にひまつぶしをしてきた私などにわからないことが一つある。もともと私が同世代のなかでいくらか早目に戦争中から、農本主義に対するそのような噴射飛行を試みていたのは、私が不毛の遊民中の遊民であったという以外の理由は何もないのだが、白鳥氏をふくむ戦中派がかくも乱を好む人種でありながら、なぜみずから賊になろうとしないのか、しようとしてもなれないのかということが疑問なのである。

農本主義それ自体は吏でもなければ賊でもないと私は考えているが、それを吏の方にひっぱろうとする近代的合理主義なんてものは頭から私はきらいである。魏の曹操みたいに勝利した英雄なんかにならなくとも、変なきれをつけたり、奇妙な軍律をこしらえたり、野蛮な歌に卑猥な節をつけたりしているうちに、生活の全面に向って一人で乱を起こし、正真正銘の賊となり、いずこの谷間に朽ちるともという風な無償無効の存在をめざさなければサークル活動などをやる甲斐はない。「エロティック・パーソナリティ」(白鳥)はたいへんけっこうだけれども、それはやはり農本主義者が賊のほうにむかう方角へ開かれることによって突きぬけられるよりほかはない。

日本の農本主義はついに名もない、名づけられることをあくまで拒絶する賊の一団をうみだすことはできなかった。百姓一揆はあったけれども、そこには「おれたちゃ賊なのさ」と笑いとばす一語がなかった。そういう概念も方言も顕在化することはできなかった。ただ敗戦によって封じこめられた少年ファシストたちだけが農本主義の延長上に、反農本主義の旗をかかげる土着の前思想的集団をつくりだした。それ自体が直ちに賊徒となることはむろんありえない。しかし、そこには定着者に旅を、流浪者に家をという形而上的布施の組織であるサークルがより高次の道楽と戦闘に分極していく一過程がみられる。日本農本主義はようやく遊民と賊のあいだにはまりこむ倫理的たてまえをもつにいたったのである。

（一九六一年一二月号「思想の科学」）

サラリーマン流浪のすすめ

退職主義による就職を

日本のゴースト・タウンとでもいうべき炭坑町に住んで、古畳のけばに背中を刺されながら寝転んでいると、さまざまな大学から学生たちがやってくる。秋になったら就職のために奔走しなければならないから、その前にちょっと風変りな運命にさらされている「戦闘的坑夫」たちの生活の味をなめにきたといった手合いもいる。またぞろ就職難の季節に入っているらしい、これらの青年から話を聞くにつけ、月給なるものと縁が切れて十五年になる私は、「いやはや大変なものだねえ」と無責任、無内容な感歎をくりかえして、お茶を濁してしまう。これでも敗戦の年の暮から二年間は、米何升分にしかならない給料をもらう新聞記者だったのである。深夜の街路で酔っぱらったアメリカ兵が発射するピストル音を聞くたびに、靴下と足の内にそれを入れてもちかえった。月給とは何か。袋をあけてみて「ゲエッ」とおどろき、「キュウ」と窒息するものだという一口話のあった頃である。月給の内的機能については、その限界状況をすでに知ったとうぬぼれている。

そもそも就職のためにコネをさがして走りまわる類いの学生には、かならずやその哲学に一つの特色があるにちがいない。――私が青年をわが家のボタ山が見える「食堂」に招じいれ、かつて家主の菓子屋がカリン糖をその上で揚げていたという畳一枚ほどのがんじょうなテーブルに向いあって、その油じみた木目をなでさすりながらそういうと、彼はきまって不安そうにまばたきをする。ろくろく原稿も書けぬくせに、終日坑夫らとわいわい騒いでいる私などの暮しを、何か独特のものであるかのように思いこんだりしている若者には、おっかぶせて物をいうにかぎる。――だって、そうだろ。就職しなければメシが食えない。メシが食えなければ生きていけないという風に命題をつないでいってごらん。最後には「生きていることは、それだけで正しい」という理窟になるわな。はたして生命は存在するというだけで充分に正義でありうるか。どうも疑わしいとはおもっているが、よぼよぼのじいさんにでもなれば、そこのところがひょっと分るかもしれないとおもって、まあ当分こうして生きることにしているのさ。たいていの学生はつまらなそうな顔をする。

だが私は生命即正義論のうえに立つ、すべての観念が気にくわないのである。安楽殺人は認められるべきであり、自殺ほう助罪などは廃止したがよいし、死刑はだんこ残しておかなければならない。「生活する」ということはたしかに最大の抽象的状況であり、そして生命には一片の抽象もふくまれえない。このことをあいまいに混同して、生活感のなかに生命即正義論を密輸入するために、「メシを食う」といった観念のブドウ状鬼胎をふりまわされるのはごめんである。平凡な日常的次元で生命を支えることぐらいたやすいものはない。むつかしいのは生活である。

自殺や死刑は生活の放棄または剝奪であるからこそ意味があるのであって、生命それ自身に何の意味もあろうはずはない。にもかかわらず、「生命の尊重」という怪しげなスローガンは、戦後社会の骨のずいまで食い入ったかに見える。先日も「終戦記念番組」であるらしい圭三ショウ「さらばラバウル」というのを眺めていたら、「キニーネを除けば作れないものはなかった」現地生活のあれこれを舞台装置と当時の生き残りの人間で再現して、その末に将軍今村某と提督草鹿某がよろよろと登場してきて手をにぎりあったあげく、そこに集まっている幾組かの生存者のサークルに対して「何か一言を」と求められたとき、将軍の発した言葉は「みなさんがこうして元気にしておられるのを拝見しまして、まことに御同慶に存じます」というような一句だけであった。戦争をひたすら生活面の異状な変化とそれに対応する人間の営為の上からのみ観察するのは、いわば庶民の戦争観の特色ともいうべきものであり、それはそれでよいとしよう。また敗軍の将をテレビのショウにひきずりだすのも思いつきといえないことはない。ただその老人が「ああ我、何のかんばせあって」などと詠歎するわけにもいかず、生存者の健康を祝福する一句にとどまったとき私はそこに戦争哲学の結晶らしいものを見たと感じた。

すべての死骸、すべての飢餓、すべての屈辱をのりこえて進むためには、生命の維持そのものを自己目的にすればよい。生命万才はやがて消費と遊興の強い肯定となり、それを組織することがもっとも生産的な仕事とみなされ、この組織のなかで新しい英雄が造出される。高橋圭三という小英雄がみずから構想したショウ番組において、元将軍今村が何のへんてつもない生命礼賛を行なったのは、大げさにいえば古い英雄の新しい英雄に対する思想的屈服を告げるブラウン管上の降伏調印式であるように見受けられた。蝶ネクタイをつけた小英雄の方はにこやかに「どうも、どうも」と動きまわっていたが。

戦争中に極端な精神主義がおしつけられるとき、「死ねばいいんでしょ、死ねば」と軽くいうのがはやった。その裏がえしとしての現代は「生きればいいでしょ」ということになる。重金属と軽金属というような対比でいえば、今日は重宗教が軽宗教にしてやられ重革命は変質して軽革命と化す時節のようであるが、そこでなお重いもの、重いものと追っていけば厳粛な遺物となってしまうのは必至であり、さりとて軽いものを追求すればショウを司会する軽英雄にしかならないという矛盾は、いまや社会の全表面を蔽っている。ムキになっても、ならなくても、そのこっけいさが等質等量である現代は、いわば全体として仮死状態にあるといえるのであって、そんなときに重就職に志そうと、軽就職にふみきろうと、結果はまったく同じである。独占資本の捕虜にならないためにあえて中小企業を選ぶとか、独占の内部からかっぽじっていく獅子身中の虫になるとか、就職問題をめぐってでっちあげられるさまざまな論理は、いずれも生命の無媒介的な肯定によって自分の生活意識のもろさを蔽いたがる口実でしかない。強靱な生活とは人間が一義的な難関に集中するときにだけあらわれてくるものだという自明の理に一度もつきあってみたことのない若者が、かくもすみやかに「早発性転向症」におかされ、転向の論理のAからZまでも就職以前にとくとくとおぼえてしまうのはいかなる罪にもとづくものであろう。

今日の就職問題を考えるばあいには、たとえそこに戦中戦後の飢餓体験が秘められているにせよ、いや、それだからこそ、「メシ」の論理を検討するところから出発しなければならないとおもわれる。うまいものがはちきれんばかりにつまった太鼓腹というイメージは、おそらく戦後民主主義の原動力であり、メニューだけでもいいから明日の食事をおもい浮べて唾をのむ快楽を喚起したいという願望――空だのみではない充実感への計画的かつ着実な接近への焦燥は、うたがいもなく構造改革論などの心理的基盤となっている。もっと有効性を、もっと腹の足しになるものをと私たちは見えないむちで追いまくられている。だがその結果あらわれているのは、社会全体の遊興都市化であり、あらゆる分野における現実信仰という形をとったシンセリティの欠如である。かくして宗教独占、学校独占、観光独占、スポーツ独占、各種の階級運動独占などの形而上産業が鉄鋼独占や化学独占などよりもむしろうま味のある部門、すべての独占の上部構造的部門として組織される。そのうち全国的な支店網をもつ巨大売春産業だって出現するであろう。退職金規定と健康保険をもつ売春婦の労働組合が、再び「しののめのストライキ」を歌うかもしれない。就職問題の内側で吹いている風は、「メシ」の観念がかえって生活意志を放棄させるという方向にむいているのだが、その風に逆らうとすれば何がおこりうるか。

考えられる方法は一つしかない。充実への近道反応をおこして虚空の幻覚に組織される人間を覚ますには、まず理念的に幻覚のとことんの極点にまで達して、そこからゆるやかに現実復帰をはかる思想の自己運動をくりかえしてみることである。生命即正義論に対して、生命はまちがっている、このまちがいをとりかえす術はない、より急速な、より完全な生命そのものの消滅によってしか、このまちがいを消去する道はないという別な公理に立ってみることである。

このような生活的幻想派にとっては、もちろんどの職業が自分に適しているかとか、それをどうしてわがものとするかとかは問題でない。そもそもぴったりした職業なんて、あたかも男と女の関係のごとく、いかなる人間にもありうるはずはないと確信する立場である。この点では大方の幻想的生活派とも形のうえでは似ている。かれらもまたどうせぴったりなんかありはしないのだから、一流会社か、せめて二流会社に入ろうとするのは不自然な基準ではないと考えているからである。ところが生命即誤謬論者にいわせれば、一流と二流の区別をつけること自体すでに二流的なあやまりであって、二流を区別することは何らかの意味で二流の肯定、すなわち「生命はそれ自身で正しい」説に降服することになる。二流は抹殺しなければならない。すると一流もまたしたがってなくなる。のみならずあらゆる職業は誤謬の産物であり、すべての人間は本来的に無職でなければならないからもしこのような状況でなお職業がありうるとすれば、「何業でもない職業」をめざすための方法であり、過程であるような職業しか認められないことになる。職業の王のなかの王であり、真の職業であるところの職業とは、「何でもない業」である。これが定理の第一である。

自分の職業欄にはジャーナリストと記入していたレーニンは、他方では職業革命家などという奇妙な反語を用いてアジったりしているが、もとより彼は聖業としての革命を認めるよりは実業としての革命を奨励した方がよっぽどましだというぐらいの心持ちであったにちがいない。そしてまたマルクスがマルクス主義を自称しなかったごとく、レーニンが革命家を自称しなかったのはあたりまえのことである。自分はある種の伝達者だという彼の心がまえがジャーナリストになっただけの話である。

ただの無職ではなく、まだ名前をもたない未踏の業を開業しつつ、つねにそのすこし前方に転げこんでいくことができるとすれば、生命の誤謬はかすかにその固定化からまぬかれるであろう。電話帳による職業の分類と自分の設定する職業の基準とはまったく別の次元に属する。

職業革命家というのが給料をもらって革命運動をやる人間のことであるならば、世の中にこんなうまい話はない。けだしそれは実業であって、こういうサラリーマン革命家たちにくらべれば、私のような永久浪人の方がまだしもしおらしいというものだ。けれども、ふりかえって考えるならば、今日実業でないような職業がどこにあるだろうか。ジャーナリストや詩人はおろか、あいさつ業、にっこり業、アイディア業、しめくくり業などつぎつぎにあらわれる新種がたちまちれっきとした実業にランクされる。浪人業だってかなり以前から何となくペイしないことはない職業になっており、大陸浪人なんか一山も二山もあててきたのである。サラリーマン根性と革命家気どりが癒着してもいっこうにふしぎではない。往年の虚業はことごとく今日の有力な実業となった。虚業のタネさがしをしてもむだである。汝自身でなければ表現することのできない生活の総体を総体として編み上げること――それのみを汝の業とするや、私たちの前におかれる問はそういう風にしかあらわれない。

アウトサイダーであろうとしても、それを心がけるほどに体制と図らずもしっくり合っていくという矛盾。こういう矛盾の範例を、私たちはたとえば川崎長太郎とかきだみのるとか上野英信とかいう作家たちのうえにつぶさに見ることができる。太平洋を横断する小舟のように、私たちが「一以て之を貫く」ためには、眠っている間に流されたコースを訂正し、かきがらを落さなければならない。すなわち総体としての生活を守るべく、さまざまな実業や虚業の附着を落す必要がある。それらを全部ひっぺがそうとする努力を、かりに「退職主義」とでも名づけよう。「文学はいまや文学とは何かを書くことである」といったのはサルトルであるが、それを生活者としての作家の次元に移せば、作家たらんとする者は作家であることをやめなければならない。

共産党員をやめなければ共産主義者でありえなくなった時代というものは、別の言葉でいえば、職業的な、あまりに職業的な社会である。永久不断の退職主義という私の説を聞いたある政治学者が「賛成だね。だから私はいっそのことその退職主義とやらからも退職したいや」といった。なるほどその方が論理に忠実であるかもしれない。

さて、かかる退職主義の見地に立つとき、現在の学生にはどのくらいの点が与えられるだろうか。同じ論理で別なことをいい、別な論理で同じことをいう、彼我の識別すこぶる困難な状況下にあるので、これまで書いたようなことはとっくに心得ているようでもあり全然分っちゃいないような気もするのだが、就職に関するかぎり私はまだそれほどスジの通った学生には出会わない。

およそ、電話帳のような冷静さで、彼は就職を結婚と同じく、「一生に一度」であることを原則とする行為として考えているらしい。結婚を一度ですますか、百度もするかは情勢のいかんによるが百度してもつぶれない人間にはやはり一度や二度でふうふういっている人間よりは「一以て之を貫く」ものがあるだろう。これは百回のうちの一回なんだという決意をもたずに——それを相手にいうかいわないかは別にして——結婚したり就職したりするのは、すすんで自分を武装解除するにひとしい。

戸籍も学校も職業もその他のもろもろも、なるべくすっきりしている方が尊ばれる「万世一系」主義に対して、あえてごちゃごちゃの混血雑居主義を唱えるのではないが、自分のスジを追っていくにしたがって職も転々、居も転々となったところで、べつにくやんだり同情されたりすることはないはずである。日本人の経歴を調べたことはないが、たとえば三井から住友に移り、さらに三菱に変ったというような人間は皆無に近いであろう。それがほとんどないという事実は、単一の系列のなかを上下左右に動いているだけではつかむことのできない何物かがあることを語っている。

いろんな冒険に志す人間が多くなったにもかかわらず、こういう「独占の谷渡り」などがいっこうに未開拓の分野であるのはどうしたことであろうか。独占の舟くい虫になるなどと広言しながら、けっこう往年の国家への忠誠はいま企業への倒錯された忠誠となって転移流入しているのである。

もちろん独占もおのが純系を強化しようとする。しかし他方では産業のコンビナート化にともない、純系一本槍ではやれなくなってきている。

この間隙に乗じて、平凡なサラリーマンが一夜にしてこのごろ流行の「産業スパイ」に変身するぐらいのことは、さほどむつかしい策謀でもなかろう。二重スパイ、三重スパイの網の目がいり乱れて虚々実々の火花をちらすことになれば、三井のスパイが三菱の労組委員長であったりして、尾崎秀実そこのけの人物が輩出するかもしれない。それぐらいのことができなくて国際競争に勝つも構造改革もへちまもないのであって、良心的人物であればあるほど、良心のまにまに進むために、この種の組織を積極的に作りあげねばならない。純系思想を媒介にして学生あがりが労働者と結びつくというような白昼夢よりも、生命の根元的悪をすりへらすためのひまつぶしとしてこの方がはるかに生産的である。

むずかしいのは就職ではない。退職である。就職は結婚と同じく、たいていはひょっくり訪れた偶然に乗っかってしまうものだ。この偶然性を最終的に排除できると考えるのはばかげている。だが退職は意識的に計画することができる。それにはむろん徹底したポーカー・フェイスが必要なばかりでなく「君は三井にゆけ、我は三菱におもむかん」がために、少数の精鋭グループが組織されていなければならず、それらのグループ間を時に応じて結合させる「何でもない」業が控えていることも必須条件である。ことわっておくがそれは総体として仮死している現社会をゆりおこすためにではなく、仮死を一歩深めるためにそうするのである。

「安保で昂奮して、そのあと消耗して、何が何だかわからなくなっちゃった」学生たちがあと二、三年は卒業しつづける。二十そこそこで何が何だかわからなくなるのはしあわせもすぎるというものだが、かかる「安中派」がきびすを接してつづいてくる「安後派」に向って、そのしあわせを性急に伝達しようとしても無理である。そういう学生運動などはさらりとやめて、自分たちがつきあたった原理の一つか二つを、生活の全面に展開しようとして心魂をつくしたがいい。「産業スパイ」は独占と小集団の血闘の一形態である。独占のインサイダーにしてアウトサイダーである、この種の存在を成立せしめることができなければ、安中派がせっかく体験した現実への不信を職業の面に対象化することはおぼつかない。

スパイというものは、きれいな服を着て、うまいものを食って、紳士然とふるまうものだというぐらいの感覚しかもたず、その屋根裏や床下での悪戦苦闘までも計算していない者にはあてちがいかもしれないが、××同盟の○○派から△△委員会の□□派へと、去就常なきイデオロギーの旅をくり返し、そのたびに、労働者階級への忠誠を大声呼号してきたような人間には最適の仕事ではあるまいか。

もしスパイが性にあわなければ、成金どもの雌伏するコットウ的貴族を動かして、「××君は小生と親交厚き○○君の子息にして」といった紹介状を安値で乱発させるマス・コネクション運動をやり、ついに経営者たちをしてコネ不信のためいきをつかせるというような商売はどうであろうか。

いずれにせよ、わが学生諸君はもっと状況に対するしらじらした思いをたたきつける工夫をしたがいい。血色ばかりよすぎて、曇天のどじょうのような眼つきがまだまだ多すぎる。

（一九六二年一〇月号「現代の眼」）

私の図式

モラルとパースナリティ。あたえられた課題に私の図式を描いてみよう。

人間の精神を一つの天球、つまり宇宙として想定することはごくありふれた比喩的な理解の方法であるが、しかし宇宙が球面的に閉じられているかどうかはあくまで仮設にすぎないのであって、むしろ人間によってとらえられる宇宙は球体またはそれに近いものとして現象するといった方がよいのかもしれない。そこで、そういう問題——無限に対する認識の限界性と認識された無限に対する宇宙の限界性との相関——はひとまず捨象して、ともかく精神の場をほとんど無限の球体と大づかみに規定する。

　さて、このように規定された空間はどこでも任意の一点を中心とみなすことができるのであるが、このまっくらな、あるいは光にみちた空間のもっとも遠いはしっこに、エネルギーを送りこむポンプがなくてはならない。なぜなら精神は外界から自立しているものであると同時に、外界から支えられずには存在することができないからである。いわば外界と精神の接続関係は順接と逆接の同時成立——「であるがゆえに」「にもかかわらず」であって、その接触面——窓としての感官——を加圧と減圧の両機能をそなえているが決してエネルギーを排出することのない注入ポンプと考えるならば、その無限の対極に、やはり球体の圧力にプラス、マイナスの両効果をあたえるけれども、決してエネルギーを吸いこむことのない排出ポンプを考えることができる。

この二つのポンプを注入から排出へとつらねる線は、精神の運動のおおよその自然的方向係数を示す。しかし、ここでポンプという比喩を用いたのは、外界と精神の関わりを強く表現するためにそういったのであって、実際には両者が物質そのものとして交流しあうわけではないから、ポンプというよりは窓、それも絶対に開かれることのない、無限に薄い膜のはりつめた部分といったがよいだろう。

いずれにせよ、脳髄における感覚の中枢と反射の中枢との間はせいぜい数センチメートルでしかないが、それを精神の領域にあてはめれば無限の距離になる。そしてそれをつなぐ線は精神の赤道であり、精神の自転方向を示し、西と東を定めると考えることもできるが、このばあいのエネルギーの回路は、排出から注入にいたる過程が精神の内部から外界へ出て再び内部に帰るのであるから、精神それ自身の領域は半球状となる。

この半球の赤道以北を意識（表層部分）、以南を下意識（深層部分）と画定する。赤道に対して直角をなす線の延長上に二つの極がある。それは精神のエネルギーが注入から排出にいたる最短コースをとることをつとめて回避したあげくに利達され、そしてひとたび得られればそこから世界のすべてをしめくくることが可能な地点――すなわち象徴である。したがって、私たちはそこに表層的象徴と深層的象徴の二種類を設定したことになる。

精神のエネルギーの運動開始から終末にいたるコースを直線化したもの、すなわち最短コースはいわば精神の経済効率を表示する。すべての運動はこのような効率性を促進しようとする方向と、この自然的方向から背反しようとする方向をふくむ。つまり表層的象徴の極から赤道への方向は、あらゆる精神の潮流を普遍化する――つまり、赤道に沿って流れやすくするために、赤道との角度と方向を測り、赤道に向けて押しつける。すべては観察され、分析され、数値をあたえられ、交換される。これを精神の記号論理化または交換価値化と呼ぶことにする。

この逆方向――赤道から極へそれていく流れは、精神の運動のすばやい推移に抵抗し、象徴の方向を探り、それとの特殊な関係を追求する。これは精神の意味論理化、あるいは使用価値化と考えることができる。ふつうモラルと呼ばれているのは、このように記号論理化、交換価値化に対抗するもう一つの精神の恒常的な方向――意味論理化、使用価値化を指すものといってよいであろう。

ところで、このような区分が成立するとするならば、パースナリティとはいったい何であるか。賃労働と資本の分裂のもとでは、生産物の交換価値と使用価値は止揚されることはできないが、人間精神の領域ではいかなる交換（または交通、または交流）も不可能ではない。物質的に対象化された領域では交換されることのできない交換価値的、記号論的な系と使用価値的、意味論的な系も、精神が本来もつ偽装あるいは擬制もしくは仮設のワクのなかで自在に「交換」される。そしてこの交換の過程そのものもまた記号論的な側面と意味論的な側面をもつ。このばあいの意味論的に切りとられた擬制的な価値交換の様式をパースナリティと呼びうるであろう。つまり特殊性（非交換性）が普遍性（交換性）のなかに浸透していく仕方の特殊性を指すのである。

したがって、もしこの二つの潮流を精神の基本的な二つのエコールとして認めることができるならば、いわゆる一枚岩的な認識の素朴さを否定せざるをえなくなる。モラルとパースナリティという問題軸は、世界に対する意味論的接近の傾斜をすでに示すものである。その反対側に、たとえば技術と普遍性といった軸があることくらいはだれでも分ることであるが、真の問題はまさにこの象徴⇅具体の対流作用が意味と記号を媒介にしながら意識の表層と深層の全面をぶつかりあい、ころげまわる際の諸相を、どちらかに偏向せざるをえない主体がいかに認識するかということである。

主体とはこのばあい意識としてたくわえられた過去——まだ実現されないものへの不満もふくめた——のうちに生じる一種の統覚現象を指すと仮定しておくが、この統覚にもまた記号論的なオートマティズム（意味の解体）と意味論的なシンボリズム（記号の消滅）への動揺が必然にふくまれる。そしてこの動揺を自己超越的に克服しようとするか、自己抑制的に解決しようとするかによって、精神の位相（思想）は大きく変化する。

自己超越性すなわちラディカリズムをずっと押していけば、記号論の極致はナチズムにおけるアウシュヴィッツにまで至るであろうし、意味論のそれはスターリニズムにおける大粛清にまでたどりつく。そこでこの双面性を自己抑制的に解決しようとすれば、鶴見俊輔のいわゆる「折衷主義」の宣言になるのである。

そうすると、残された道は双面的なラディカリズム――ローザ・ルクセンブルグが愛していた箴言「人々は、その両端において燃焼する燭火のごとくあれ」ということになる。このようなラディカリズムは一元論であるか二元論であるか、記号論的傾斜であるか意味論的傾斜であるか、解釈を拒否するところにこの種の精神的領域の不断の未来性はあるわけだが、ローザはやはりこの領域に意味論的にアプローチしていた感があるのに対して、トロツキーのそれは相当に記号論的である。両者が理解しあえなかった理由もここにあると私は考えている。

双面的なラディカリズムは、当然に表層的象徴への全傾向を否定し、深層的象徴をめざすのであるが、この見えない象徴と肌を接するところに反象徴（すなわち象徴と具体の止揚される場）としての党を執拗に追求してやまなかったレーニンにくらべれば、ローザもトロツキーも革命的というよりは、革命主義的とでもいったがよいのではあるまいか。

いまあげた人々と比定するのではないが、私などもどちらかといえば意味論的な傾斜をもつ双面ラディカリストであって、この革命主義の限界をいかに破るかについて、無益な失敗をくりかえしつづけている。革命主義的なものが革命的な――方向ともエネルギーともつかぬ未見の領域に突入するためには、表層的象徴はもとより深層的象徴すらものりこえねばならないのである。そこが言葉の正当な意味における前衛の次元である。そこではモラルもパースナリティも、「形成」というような自然的であるにしろ人工的であるにしろ、ある増殖のイメージをもってしてはいつもうしろむきにとらえられてしまうところの、認識の限界をうちやぶるような認識の場をそのように呼ぶべきであって、認識に一つの常識的なワクをはめたばあいにかろうじて成立する先進性を前衛の名で飾りたてるために、「形成」という概念をいわばゲーテ風に使用することには賛成できない。

意識の表層と深層は直線的につながっているのでないのは当然であり、順接と逆接の同時成立として、よじれてくっついているのであるから、私たちがむしろ意識的にインモラルであり、インパースナルであろうとすればするほど、その深層では反対の潮流が起こるという風な操作を勘定に入れておくくらいのことはしなければならない。そういう意味で、私はここに一つの質問を投げかけたまま、永遠に閉じられない形でこの短文を終りたいと思う。質問とはこうである。――もしサドがアウシュヴィッツにたたきこまれたとしたら。彼はどうなったであろうか？

（一九六一年一一月「外語文化」第五号）

Ⅲ

反「芸術運動」を

まこと奇妙な嘘っぱちの世界にいま私たちは住んでいる。たとえば、日本は高度に発達した資本主義国だというような言い方がある。一つの軸をつたっていけば、それはそうであるかもしれない。だが、六二年一月四日の夜、からからに乾いてしまった空井戸のような炭坑町のゆがんだ屋根のしたで、私がこの言葉を舌にころがしてみると、その高度なんとかというやつは三文雑貨をならべている店の看板にある「高級洋品」の高級となんらえらぶところのない語感をもっている。実感信仰とよばれようとへそまがりといわれようと、私はその配列を動かすことはできない。高度でないといっているのではない。高度は高度であるがどんな種類の、いかなる性質の高度であるかがなっとくされなければ、どうにも使いものにならない高度さなのである。

高度といっても色々ござんす。発達またしかり。チェコフはおれのことかとチェホフ言い的駄じゃれに興じるよりほかないところで、戦略が論じられたり、焼き直されたりしているとき、言葉にこだわるのは阿呆かもしれないが、記録というような芸術語の用法も私にはよくわからない。人間が記録するのだとか、機械が動くのだとか、美学がいるいらねえとか、ご苦労な話である。自然科学かなんぞの観測資料ならばいざ知らず、それだって私のいうような意味となにがしかの関わりはあるとおもうが、こと人間の感動の軸に沿って考えるかぎり記録せずにはいたたまれない人間が何のためと問う暇もなく記録する、それだけのことではあるまいか。そのような記録者にとって大切なのは記録する行為だけであってその行為の所産である写真の山などは、本当はどうでもよいはずである。私なんかも右のごとき意味での一次的記録者であるから、見て、聞いて、嗅いで、なめればすっかり満腹する。満腹した対象は忘れてしまうか、どんな陰影をも記憶しているかのどちらかである。記憶している陰影について写真に負けたとおもったおぼえはない。だからといって、一次的記録者の残した廃物の山につきあたって、客観的過程からすれば二次的に、しかし本人にとっては処女的な経験を記録しようとする者があることを怪しむ必要はない。そのばあいも、記録するという行為はあるが、それ自身対象として独立した記録はないのだから。もちろん記憶も写真も歴史的時間のなかで刻々変化する。したがって真相は虚実皮膜の間にしかないし、観念論か俗流唯物論かという議論をどこまでやってもはてしはあるまい。歎異鈔にならって「フィクションなおもて嘘をつく、いわんや記録をや」とでもいっておけばよいのである。ただ、次のようなことはあらかじめ断定しておくべきであろう。記録しておいて、あとで何かにしようなんて了見が、そもそも記録するという行為の堕落の第一歩であることは。

記録とは無償の行為でなくてはならぬ。目的もなしにレンズをのぞいてひたすら待っている阿呆が最高の記録者である——というようなことぐらいはやってみた人間はたやすくわかるはずである。だれかがわざわざ論証しなくてもわかっている簡明な真相が議論のなかでまったく蔽われていく。そのことが私にはいくらか空おそろしくおもわれる。私などのように自分では記録芸術といった形式に沿って表現したいとはつゆおもわない人間が、そのような形式の作品に触れてたまたま受ける感動といえば、そこに私をして無償の行為をしつつある阿呆に復帰させる瞬間があり、記録はない、実在としての記録はない、記録する行為だけがある、それだけがある——といった山びこのごときものを、空中に聞くことである。

さて、私たちが断じて高度に発達した資本主義国には住んでおらず、まさに「高度」に「発達」した資本主義国に住んでいるように——私たちは一度も芸術運動をしたことはないが、年百年中「芸術」「運動」のなかに幽閉されているといってよい。政治すら、この国では「芸術」「運動」の一種である。いや、それはしごく当然なことかもしれないのだ。私は構造改革派のようにほんとに高度な資本主義日本などは求めない。「高度」でしかない社会の奇妙さをひねくりまわしているのは、退屈しのぎにもってこいだからである。あわよくば、そこに日本という国の一つの個性が世界につながる道が発見されよう。そういうへそまがりの心情からすれば、「芸術」「運動」もまんざらではないという気がする。ただしかし、それにはどうしても記録ということをめぐって前にあげたのと同じ認識上の前提が必要になるとおもうのだ。

どのような密室の芸術もしょせんは一つの運動の所産であり、また運動の過程そのものである。というよりは、密室こそひとりの創造者にとって奔放な実験を可能にする試験管である。外界を密室に、密室を外界におきかえることのできる精神が想定されるならば、芸術運動という幻覚と矛盾にみちた概念がこの世の外に追われねばならない理由はない。しかし、このことは集団の基礎が個人であることを証明するものではなく、個人の基礎が集団であるという事実を指示しているのだ。

個人はすでに集団の幻影であり、いわば欠けた集団、裂けた集団である——としても、集団とはまた抽象的な総体であるから集団が直ちに組織としてそのときどきの歴史的環境に対して必要かつ充分に対象化されることの困難さはまったく別の次元に属する。個人としての欠如感が深刻になればなるほど、その意識を組織化する作業は困難になると考えた方がいい。組織なき運動はありえないが、しかしこの組織をどういうものとしてとらえるかが、芸術運動にかぎらず、今日のすべての運動の十字路である。

そこで、私たちはやや奇矯にみえるかもしれないが、考えてみれば平凡な事実に気がつく。芸術が運動の、運動による、運動のためのダイナミズムとして自覚されるにいたったのは、資本の独占期とほぼ波長を一にしていることは常識であるけれども、この自覚たるや、決していわゆる組織によっては組織されなかったばかりでなく、ダダにしてもシュールにしても、眼にみえる運動らしい運動としてはせいぜい一、二の宣言、または宣言らしいものの破片しかなかったし、それでたくさんだったということである。

このことは芸術運動における宣言の役割をあらためて評価する必要を示しているというよりは、芸術ならびに芸術運動が人間を組織するさいの独特なあり方を示しており、その視角からこの世のあらゆる組織を検討し直すことが無意味でないことを示している。いわば眼にみえる組織よりも、みえない組織＝反組織のほうがいっそう精密な組織であるということは、なんらふしぎな現象ではないのだ。あたかも記録がそうであるように、組織する行為だけがあって組織された結果としての組織はすでに組織ではないという不断の決定的な態度がなければ、私たちはもはや組織から何事かを汲みとる事はまったくできなくなっている。

このような意味での偽組織または死組織を論難する声はすでに強い。たとえそれが当っているとしても、芸術運動に関するかぎり、私自身は過去のプロレタリア文学、民主主義文学、あるいはアヴァンギァルド文学などの名前を冠せられた運動群と本格的な関係をもったとはどうしても考えられないので、むしろその無縁さがどの程度に無責任であるのかないのかについて苦しまねばならないくらいだが、そのことをいちおう棚上げしていうとすれば、これらの運動に共通する死角はしばしば論ぜられるように、そのなかに芸術に関する基本的な誤解があったという側からでなく、運動一般とその組織に関する根本的な誤解の側面から明らかにされるべきであり、芸術運動にからまる特殊性はまずその追求のために充当されるべきだとおもう。

このような感想が生まれるのは、昨年末の新日本文学大会で行われたらしい論戦に関するわずかばかりのインフォメーションをもとにしてなのだが、それによれば私の欠席せざるをえなかったこの会議では、政治と文学の関係を政党と大衆団体という対比でとらえることにより、その大衆的次元における同位性を主張する側とその否定者たちとの側で論争がなされたように察せられる。もちろん大衆的次元におけるすべての組織の同位性をもっとも戦闘的に主張するものこそがその場における前衛であることは議論の余地がないのであって、私自身昨年一月の国民文化全国集会の席上でそのことを強調したことがある。しかし、このような同位性はまさにその場その場で無限の深部にむかって掘りすすむような風に闘いとらねばならないのであって、(国民文化全国集会での私の発言はどうみてもそういうぐあいには進められなかったが)それを民主主義的ルールとして定式化しようとする試みは、芸術のなかの政治と政治のなかの芸術という関係でとらえられるべき問題をきめて卑俗に政治対芸術、そして政党対大衆団体というぐあいに、みずからつぎつぎに政治の表層部に移動させてしまうことになる。それは論争の方法として相手の場にひきずりこまれる愚をおかしているばかりでなく、問題の真の位相を変質させていることにほかならない。

なぜ私たちは芸術運動組織における同位性の未確立という問題に悩まなければならないのであるか。それは六全協がすでに党と大衆団体の関係として定立したルールの侵犯であり、その記憶をよみがえらせ、それを守らせればことはすむのであるか。片方に諸王の王である組織があり、他方に一つの王である組織があり、皇帝もまた王の一人であるか否かが定められねばならないというのか。そうではない。芸術の機能とは一言でかたづけてしまえば物神の破壊である。ある始源またはある終末との接触である。芸術が機能している全過程には主体もなければ客体もない。個人もなければ組織もない。組織のなかの無組織と、無組織のなかの組織が火花を散らしているような混沌——私が前に集団といったトータルなものへの指向があるだけである。そこから出発した組織感覚に耐えるものは何かという問が、芸術運動における同位性への要求となって自己の内外にあふれでる。すべての眼にみえる、定有としての組織を拒絶することは芸術運動の必然であり、問題はただその拒絶の深さにある。その深さによって眼にみえない、非定有としての組織を獲得できるという信頼だけが芸術運動を可能にする。そしてこの芸術運動論としては平凡すぎる一つの逆説を経由しなければにっちもさっちもいかなくなっているところに今日の組織全体の頽廃を総括する視点がある。したがって新日文大会の論議の方向は組織のなかの同位性という観点を、芸術論、芸術運動論として展開することによって、会員内部に存在する組織についての基本的な誤解をうちやぶることでなければならなかったといえる。

組織がある、偽組織であろうと死組織であろうと組織は組織である、そしてそこからしかやっていくことはできない——という芸術と無縁であり、現代の状況から立ちおくれた思想は、新日本文学会をはじめ進歩的な指向をもとうとするすべての芸術運動組織の致命傷である。したがって、それは単純な反動としての「組織なんか知っちゃいねえ」という孤立主義者たちに常にしてやられる。そして、そのあげく吉本隆明を単純反動・孤立主義者に仕立てあげてしまうのである。

やんぬるかな。

孤立主義者の孤立を非難することは、かれを賞揚することにほかならない。孤立主義者こそ資本との、眼にみえない連帯によりかかっていることをつかねばならない。資本の組織をカルテル、トラスト、シンジケートなどと暗誦することでは絶対にみえないところから知覚しようとしないから、玩具としての、戯画としての新日文カルテルや労音トラストをうちやぶることができないのである。私には、日共対新日文の関係を政党と大衆団体の民主主義的ルールとして定式化しようとする努力などは、おもちゃのカルテルを本物のカルテルにしようとする、はかない願望としかおもえないがそれよりも大切なことは、定式化の主張者たちがおそらく相手が定式をのんだとしてもどうにもならないことを知っていて、にもかかわらず論争上の武器として定式をいちおうふりかざしているにちがいないという推定である。

芸術運動が擬似カルテル化してしまっている事実のなかに今日の組織一般の頽廃の焦点が存在するとき、自分のなかの精神的カルテルの意味をデモニッシュに追及しないで、どうしてこのような絶望感をあたかも希望ある者のごとき論理で表現するのか私にはわからない。新日本文学会は、芸術運動として発足当時から理念的に誤まっていたのだから、解体すべきである——という意見がある。私はそれに反対ではない。しかし、解体にもいろいろある。定有としての組織新日文を解体することが会員の精神的カルテルを破壊することになるかどうか。数の上で地獄を一つ減らしてみてもしようがないという立場をとれば、むしろこの会が本格的な組織地獄になることを望んだがよいということになる。だが、そのためにはまちがってもこの会が、私のいう芸術運動組織ではなくて、せいぜい「芸術」「運動」「組織」たらんとしてあえいでいるにすぎないという実体的判断を固守しなければならぬ。

本来の芸術運動とは風みたいなものであって、ひるがえる木の葉のような宣言と寄せてはかえす波のような雑誌があれば、装備はすべて終る。そこから一切を透視しようとする反「前衛」反「芸術」反「運動」が前衛芸術運動である。芸術運動は本質的に非肉眼的な現象であり、不可視の運動である。ある、組織がある、前衛がある、芸術がある、相対的にみればちょいとましなものがある——といった認識の方法からは始源と終末が同義であり同時であり、過去の一切のものと似ても似つかぬ——芸術の言葉、すなわちあらゆる言葉を越えた言葉であらわされる革命の状況に直達することができない。

記録音を阿呆にたとえたように、このことも一度芸術に観念の根底をつき動かされた経験のある者なら、阿呆のように知っているはずなのだ。知っているはずの阿呆がどうして何ひとつわかっちゃいねえ賢者になるのか——その過程をたどれば、私たちの芸術の致命傷もあばけるかもしれない。小説はもはや小説とは何かを書くことであるというサルトルの論法をまねれば、芸術運動はもはや芸術運動とは何かを追求する運動となっている。

（一九六二年二月号「記録映画」）

はしっこ。そうだ、大宇宙のはしっこなのだ。太陽系や銀河系をのりこえて、人間はそこまでやってきた。ある日——日なんてものは太陽系的認識にすぎないさ——人間はかなたの《反宇宙》をのこされた唯一の目標として望見した。ルフェーヴルが「おそかれ早かれ《反宇宙》につきあたるのだ」といった、そこにである。人間が見たといった。おそらく眼はもっとも複雑な感覚としてなおも「ある」だろう。すなわち、認識の肉眼性は廃棄されてしまってはいないだろう。

けれども、眼が「ある」といった、その「ある」は地球的、太陽系的、島宇宙などのそれぞれの段階とも異っているにちがいない。あるいは数多くの人間がただ一箇の眼を共通しているかもしれない。ただ一人が異なる認識の次元に対応する複数の眼をもっているかもしれない。人間の有機質は器械の無機質とまるで指先と爪のように連続しているかもしれない。

だがあまりに人間プロパーへの興味をもちすぎてはいけない。問題は大宇宙と反宇宙の接続部分である。そこでは何が起こっているか。メエルストロームの渦といった程度ではとうていすまないだろう。二つの相反する世界の相合うところ、そこは「第三の世界」が発生しつつあるすさまじいエネルギー変化の場であるにちがいない。すさまじいといった。しかし大宇宙的——つまり素粒子的認識からいえば、エネルギーがぽかりと消えてしまう大空洞かもしれない。ごうごうと流れ、移動しつつある暗い無の河かもしれない。けれども私は、そこにはさまっているのは何かこう、やっぱり渦のごとき力だと考えた方がつごうがよいのであるが、その渦はわが宇宙の側に反素粒子の、反宇宙の側に素粒子のしぶきを散らしている回転する滝、双面性をもつ水車だという風に想像してみる。いずれにせよ、そこはわれわれが仏教でさんざん聞かされてきた「無」——単純な「ない」の無ではなく、「ある」でもなければ「ない」でもない超越的な無の論理に奇妙な類縁をもつ、非素粒子的かつ超素粒子的な構造をもつ新しい鍛冶場であると空想しよう。

一箇の分割不能の生命という観念はそのときすでに根拠をもたなくなっていると考えるのが常識であろうから、ちぎれたりつながったりしながら孤立と連鎖の両棲類と化した人間は、そのとき孤立した単位においても、連鎖状の単位においても、はたして素粒子的存在が反素粒子的な領域にはいりこみ、そこに在ることができるかという疑問に到達するはずである。空洞、無の河、渦のごとき力、回転しよじれる滝、双面的機能の水車……などといえばすこぶる陳腐であるが、それはまた硬質ガラスのように透明で堅固な壁にほかならず、いかに鼻をおしつけて水族館の魚をながめるみたいにしてみても、しょせんかなたの世界へのびていくのは視力にすぎず、存在が壊れないままでそこに突入することは不可能だと知らねばならなかった――としよう。

ところで、脳髄は――といっても私はその在りようがどんなぐあいに変りはてているか見当もつきかねるのであるが――あるとき、反宇宙と宇宙の接点一歩前までは、そこまではぎりぎりのところ到達しうるという見通しを立てた。それは実行された。そこで人間は何を見たか。またしても「見た」であるけれども、そこで地球から大宇宙までもちこされてきた眼は瞬時にして機能を失った。だが、そこにたどりついた眼のすべては証言した。全天の半分そこそこはたしかに通過してきた素粒子的宇宙の光景にすぎなかった。しかし、前方にあった空の一部は……。ここで絶句した方が無難である。私がいいたいのはただ宇宙と反宇宙をアウフヘーベンしたより高次の宇宙が「実体として在る」ということ。そういいきるのはいかにも粗末な表現だが、いつかそれに近いような形の表現をとらざるをえなくなるであろう――ということにすぎない。

素粒子と反素粒子を止揚した世界、第三の宇宙。そこへ人間が侵入できるかどうか。そんな空想はまったく私の手にあまることだ。けれども人類最後のアヴァンチュールというものを可能の極限にまでひきのばせば、こんなことになるのではなかろうか。想像を絶するほど可塑的に富んだ動物と化しているにちがいない人間の後裔たちも、ここではきっと決定的な難関をみとめ、はげしい疲労をおぼえ、このアヴァンチュールにいったいどんな意味があるかと沈みこむかもしれない――という気がする。

もちろん私はパスカルやカントのように不可知のしめ縄をここにはろうとするのではない。それならもっと気の利いたいい方があるだろう。そうではなくて、私はただ今日考えられうる絶望または希望の最終形態を想定してみたかったにすぎない。いつの世にも、一定の仮定法と分ちがたく結びつきながら、既成の認識の外で選択を迫る命題がある。人々はその命題にむかって黙秘権を使う自由をも持っている。そして私は、おのが迷妄と無知にもかかわらず、それに答えたい人種に属している。なぜなら、われわれのイデオロギーはわれわれの抱く疑問の最終形としてとらえるとき、もっとも純粋な結晶を見せるだろうからである。

ところで、ある特別な命題があり、その命題への反応いかんで一定の世界観の酸性、アルカリ性がきまってしまうような、そんな命題はありうるか。イデオロギーのもっとも素朴な分岐点は楽観論か悲観論かという点にあり、その陰影の細かさは、たとえば共産主義は楽観論でカトリシズムは悲観論だという風に単純には決まらないものだが、ある意味ではこのどこまでも表裏をなす色感のどちらの面が最初に、また最後に出てくるかによって、われわれの思想世界の相貌はするどく規定されるといわなければならない。いわばそれはある思想の感性的規定の第一条件なのである。しかめっ面をした善良さもあれば、陽気な絶望もあり、いずれ底ぬけの明るさや暗さはむしろ反対側のトンネルをくぐりぬけた出口のところにしかないものであってみれば、画家たちがいうように色はその人固有のものと割りきってしまってよいのかもしれない。しかし、一つの思想がわれわれの鼻をうつときの肯定形または否定形は、論理的意味とひとしいほどの強さでわれわれに影響する。それはわれわれの最初のエコールを区分する。

さて、一篇の詩はついにかならず「できる！」と断言するか、「できない！」と断言するかによって終る――と断言することができる。なぜなら、詩は断言からはじまるからである。断言によってはじまったものは断言にたどりつかなければ終ることができない。すなわち詩の出発点はうたがいもなく一つの偏見、思想一般のある色彩への説明なき加担であり、その終点もまたこの偏見の理由を説明することなくして加担の意味を説得しつつ、さらにつけ加えられたより大きな断言にほかならない。詩に本質的なアクチュアリティがあるとすれば、かかる加担の宿命的な必然性という以外のものではない。

詩は加担を前提とする文学であるといったが、この加担は果して正当であるか。この問は前にあげた設問と相重なるであろう。つまり楽観論と悲観論のわかれ道がそこから始まり、そこに帰ってくる二つの円の接点は存在するか。そのためには楽観論と悲観論に定義を与えておかねばならない。楽観的楽観論や悲観的悲観論などありえない。存在するのはノウからはじまってイエスに終るイデアルティプスとしての楽観論であり、イエスからはじまってノウに終る悲観論である。だが、そうであるとしても、この問はあらかじめ答を拘束している。もし「ありうる」と答えれば、それはすでにみずからを楽観論（できる！）の領域に所属させたことになるし、逆の答は同じ理由で一個の根源的な悲観論（できない！）への帰属を決定する。このことは右の問が純粋論理的には、答を期待することのできない問であることを物語っている。

では、詩とは本来、論理的に選択不能の加担を強いるものであるがゆえに、その断言はついに断言以外の何物でもないのであろうか。詩に関する通念はことごとくそういっている。そしていまわれわれはたしかに断言が気楽さ、またはギャグでしかない時代に生きている。何か一つ巨視的な断言を試みてみたまえ、資本主義は滅亡するとか、あらゆる革命は官僚の手によって酸敗するとか、その唾がまだ乾かないうちに、それはもう何万回もくりかえされた他人の言葉でしかないという苦がさがひろがってしまう。かろうじて微視的な、そして否定的な断言だけが嘲笑からまぬがれ得ている。しかし微視的、否定的な断言が詩にあたえられた領土なのだろうか。何のために人類は論理の外での断言癖という痼疾をもつのか。

今日のような時代、いわば世界的に詩のもつ効用性がある種の寛容をもって迎えられ、その反対に詩の本質的な破壊力がほとんど消滅しているような時代、日常生活と身体の危険と外的風景とを同時に貫徹している濃密な政治の論理はもはやアフリカの軸心にしかなく、文明が詩を食道や性器と癒着せしめてしまっている時代——そういう時代に、あらためて詩とは何かではなく、詩の価値とは何かと考えてみることはむだではないであろう。

価値。この言葉がつまずきの石なのだ。われわれは百年も前から知っている。価値は交換価値と使用価値に分裂しているのだ。ところである者はいう。その分裂とは商品に関する図式なのだ。詩は商品ではない。またある者はいう。詩が生産物の一種であるかぎり、それもまた商品性を帯びざるをえない。詩壇という名の市場に流通する価値観には、資本の価値法則の反映がある。さらに他の者がいう。詩の市場は成立していない。市場をつくりだす努力が必要である、と。だが経済学における価値論を詩に適用することは、詩の経済学を意味しはしない。むしろ経済学的価値論の基底にある詩的認識こそ重要なのである。

「富とは……人間の内的本性の完全な創出以外の何物であろうか」とマルクスがいったとき、彼は価値の一元的規定を行ったのである。いうまでもなく内的とはまだ創出されつくさないもの、創出されつくすことのないものである。そのゆえに富とはある意味で絶対的な抽象である。このような絶対的抽象への連続的接近による対象化――そこにマルクスの価値観の量的ではなく質的な規定性がある。すなわち、本来即自的に対象化することのできない富の総体を単に数量的マッスとしてとらえるだけでは、彼の提起するすべての価値概念を誤解するよりほかないのだ。彼によれば、生産とはすべて自己疎外による対象化、自分であって自分でない自分を自分がつくりだすことであり、その過程はすでに本来交換できないものを交換しようとする人間の矛盾した衝動をふくんでいるのだが、そのゆえにすべての生産物は交換不能であり、かつ交換可能な契機をはらむ。この交換性と非交換性を止揚していくところに、彼は価値の次元を設定した。すなわち価値観の固定した受容、あるいは固定した拒絶のいずれにも、彼の価値意識は存在しなかったのだ。

資本主義に対する彼の糾弾を価値論の立場から見るとき、資本主義が価値――富に対する意識の方法――のなかにふくまれる本来的な矛盾を、歴史的には必然の分裂径路をたどりながら、いかにも俗流的に固定して解決していることに攻撃が向けられていると見なければならない。彼にとって、価値を止揚する能力こそが唯一の価値なのであって、原理的にはそれ以外の価値をまったく認めていないのだ。交換価値もそれと分裂した使用価値も、真の価値ではないといっているのだ。価値を消滅させ、それによって人間の内的本性の完全創出という絶対的抽象の方へ迫っていく運動過程のみが認められる。価値論に関するかぎり、マルクスはあきらかにすべての理想主義の極北をはるかに越えている。

精神的、肉体的労働によって世界の一部としての自己を対象化し、そこに得られた新しい世界としての自己を外的世界の範疇いっぱいに重ねあわせようとする欲望——それをマルクスは内的本性と呼んだのであって、その創出過程の中間駅で設定される価値基準はあたかも交換価値や使用価値のように擬制的な基準でしかない。一篇の詩、一人の詩人、一つの時代の芸術というようなものはことごとくこの擬制的な基準による価値以上の価値をもちえない。しかしながらこの基準は単に移りゆく時代との相関においてみいだされるだけでなく、つねに内的本性の完全創出という絶対的抽象との相関を問うことによって得られるのである。前者は相対的関係であり、後者は絶対的関係である。芸術の価値の、価値としての特殊性はまさにこの不断に進歩する擬制的基準のなかにふくまれる相対性と絶対性の結合という点にある。

芸術は進歩するかという問がある。答はしかりである。芸術の価値基準、すなわちその批評的性格は相対的に前進してやまない。しかしこの前進がはたしてその時代が与える鍵を充分に使って得られたものであるかどうか、絶対的抽象への所与の条件内におけるぎりぎりの前進であるかどうか——この視角が欠落するとき、この進歩は堕落に転化する。マルクスがギリシア芸術を人類の幼年期と結びつけたのはあきらかにマルクスの世代の時点からそうしたのである。遠い未来からふりかえられたとき、われわれの時代もまたそうである。しかしながらマルクスはその相対性のなかに、幼年でなければなすことのできない内的本性の創出を見たのであって、すべての幼年がそうであるとは限らない絶対的関係を、マルクスの世代という地点から受けとったのである。

相対的次元で絶対的抽象の眼と向いあうこと——マルクスが主張した芸術方法論はそれ以外のものではないと思われる。それは彼の認識論の一部であると同時に、その核心である。この認識法は根本において数量的な等価関係を追っていく代数的なそれではない。そこにはあきらかに連続の非連続、非連続の連続に対するあくことのない意識性がある。形而上学を否定した彼ほど、人間の諸力を抽象することに固執した者がいるだろうか。そして言語の形而上性を廃棄し、その抽象力を強めることは、その後の詩史がたどった指向過程でもあった。

詩の価値について論じようとするならば、われわれはまず詩に関する経済学、経済学的価値概念への詩の屈服を否定しなければならない。マルクスの経済学が経済学批判であり、弁証法的唯物論が哲学の止揚のための哲学であるように、詩の価値とは経済的価値を批判し、止揚する価値でなければならない。もしこの点で一歩ゆずるならば、われわれがあまりにも多く見てきた俗流的効用性への追随がなだれをうってはじまらざるをえない。資本主義の下における交換価値の交換性がいかに低次元のものであるか。使用価値の効用性がいかに卑小化されているかを見きわめようともせずに、闘争に役立つ詩などと寝言をいっている連中がいまだにあとを絶たないのは、かれらが抽象的な力というものにふりまわされていることの証明でしかない。かれらは詩の交換性と効用性を資本主義以下の低俗さで混同している。かれらによれば、交換性の高い詩は効用性をもち、効用性の大きい詩はかならず交換されうる。かれらのいう交換および効用とは何か。かれらの交換の概念は商品交換における代数的等価性にからみつく物神崇拝の影すらない、ただの取り換えっこであり、およそ伝達の回路における非連続性、倒錯性などは問題にすべくもない。またかれらの効用の概念は下意識世界での効用を重視する資本家ほどの計画性も持たない、一時的、局所的な効用のスコラ化にすぎない。かれらはいかなる種類の価値であれ、価値の部分化は価値の偽装化にほかならず、この虚構の価値だけが肉眼的に認めうる価値であり、価値の総体すなわち真の価値はその圧倒的部分をつねに非肉眼的領域に埋没させていることを決して認めようとしないのだ。

詩は交換されえざる、無効な対象化であるがゆえに交換性をもち、効用性をもつ。このばあいの交換性はむしろ非交換的なマイナスの使用価値のなかに私的にふくまれ、有用性はむしろ非個性的なマイナスの交換価値のなかに社会的にふくまれている。詩的価値と経済的価値とはその分裂のしかたにおいて対偶関係をなしている。詩は蚤一匹も殺せないからこそ私的に流通し、貨幣のごとき等価交換ができないからこそ社会的に効用をもつ。このような価値はしたがって、通念としての経済的価値とまっこうからせめぎあう。そしてこの二つの体系は拮抗しながら相互に規定しあっている。

詩の価値観は経済の価値観を完全に、二重に倒錯した位相をもつ。それは散文の価値観よりも徹底した価値の転換であり、そのゆえに経済的価値観の認識論的基底をより強く照明することができる。たとえばここに、主婦労働は使用価値は生むが交換価値は生まないという経済の論理がある。経済の論理からすれば、まさにその通りであろう。しかしなにゆえに一人の女性が「主婦労働は価値を生まないのか」という疑問を抱くにいたったのであろうか。彼女が主婦という形態をとった妻の従属性を否定しようとする動機をもっているのは明らかである。そしてまた女が経済的に自立しないかぎり従属性はなくならないという主張のなかにある、価値の分裂をそのまま認め、交換価値としておのが労働力を売りわたすことに一定の進歩性を見ようとする論理の片手落ちに反撥していることも当然である。もし交換価値の止揚こそ社会解放の道であるならば、それをめざす者は今日の地点においても交換価値を否定する態度を生活のあらゆる場に原理的に徹底させるべきである。主婦労働が交換価値をもたないからといって、それは価値の総体的立場からいえばなんらふしぎなことでもなければ恥ずべきことでもない。問題はそこに交換価値が存在するかどうかではなく、いかなる種類の擬制的価値があるかである。その点になると、主婦労働は単なる有用労働であり、使用価値のみ存在するとあっさり経済の論理は素通りしてしまう。果してそうか。主婦労働はいかなる有用性を持っているのか。むしろ言葉の真の意味を追うならそれは無用労働そのものではないのか。どこに内的本性の自己創出があるか、夫との関係がそれを通じて確認されるという使用価値に関する最大限の卑俗化がそこにあるだけで、それをしも有用労働とみなすならば、いったい価値について思いをめぐらす意味はどこにあるのか。かの女性は問題提起の方向を誤まったのだ。彼女はこういうべきだった。主婦労働はほとんど無用労働といってよいほど、最小限の使用価値しか生まない労働の典型であり、そのゆえにこの労働はあたかも神前で幣をふる行為のように偽装的な一夫一婦制を陰蔽するのに巨大な効果を果しているにすぎない。このマイナスの交換価値、物神化された使用価値は資本の要求する詩の機能に酷似している、と。

賃労働は労働の主体にとってつねに強制された抽象的行為である。そしてこの強制が強制のもつ顕在的側面をできるだけ埋没させ、一見自由な形をとるとき、もっとも耐えがたい抽象性を帯びる。その意味で現代における創造行為はもっとも苛酷な労働の一種である。とくに詩作は賤業のなかの賤業として聖なる光を浴びていること、主婦労働の比ではない。そのゆえに詩人は、形而上学をうちたおした弁証法的唯物論のあらゆる固定化と戦う権利と義務を持つのである。詩は政治の論理がややもすれば一面化された経済の論理に、すなわち人間行為の顕在化された側面だけの等価交換という論理にひきずられる傾向と不断に対抗しなければ存在理由を失う。

詩は論理的に回答不能の命題に向って断言することにより、弁証法的にみずからの新たな論理を形成する。それは経済の論理を異なる価値体系によって侵蝕し、その論理的次元をより高度化しつつ、政治のリアリズムと別のリアリズムを対置する。すなわち詩は擬制的、過渡的な価値基準を論理それ自身の前提の変革によって破壊し、当該社会における最大限の綱領的課題――政治の論理がまだそれと認識していない課題をもっとも巨大な、もっとも明確な疑問として提出すべき機能を荷っている。詩の論理によれば明白であるが、政治の論理によればなおさだかならぬ、この最後のそして最大の課題が発見されないとき、詩は一箇の形而上学へ退化する。今日の社会ではすでに詩が宗教に代位される危険をもっており、世界との照応という点で局所的妥当性しか持たない詩は、肉眼的、顕在的な関心しか持たない政治と同じく、かならずその擬制でしかない価値基準を物神化するにいたる。

私はいま、すくなくとも日本の詩は完全に破滅したと考えている。おそらくこれは不毛とか危機とかいったありふれた形容ではどうすることもできない総決算の事態である。一篇の詩もなければ一人の詩人もいないといってよいこのような時期に、営々と作品が重ねられ、詩誌が発行される現象を私はなにも嘲笑するものではないが、巨視的にみればやはりその現象全体は一つのデカダンスというべきであろう。そして文明の運命という視角によるなら、詩の不在は前衛の不在などという事態よりももう一枚深刻なことがらである。もちろん過去の半世紀においても、二回ぐらいは日本の現代詩は断絶したと思われる。一度目は独占資本確立の初期であり、二度目は十五年戦争の後期であるが、その断層を埋めるのには幸か不幸か外国のエコールを準用または盗用することで切りぬけられた。しかし今度のそれは、外国のお手本の直接間接の影響という形で埋めたてることは問題にならない。なぜなら、そのような形式的効用をもちうるものはいちはやくコマーシャリズムによって吸収されてしまうし、また世界中見わたしてもこれといった破壊力のある新しい詩的基準は存在していないからである。ようやく日本の詩人は氷河の到来にふるえている石器人のように、毛皮もなく立ちすくんでいるかにみえる。

　戦後詩はある程度まで経済的価値概念を侵蝕し、政治の論理と拮抗することもできえたと考えられるのに、なぜこのような破綻があらゆるエコール的部分に一斉に訪れたのだろうか。その原因をさまざまな視角から追求するのはむしろこれからはじめられる作業であろう。私自身もまだ自己に即して確定的な答を得ているわけではないが、ここでなにがしか詩の内在的論理の外に、たとえば文化政策風の結論を見いだしたからといってなんらの解決にもならないことはいうまでもない。詩の内在的論理がどこでゆきづまったかを発見することが課題である。

　考えられる一つのことは、詩の内在的論理が政治経済の論理と格闘する過程である種の空隙を生じ、眼の前にひろがりつつある世界の遠極限からするとき、その対象世界がみすぼらしく収斂してしまっているということだ。認識の全領域を平面的にみわたすとすれば、今日もっとも広汎な領土を占めているのは科学のそれであることはだれの眼にも映っているであろうが、はたしてこの尖端は詩がこれまで対象化してきた内在的論理をどの程度ひきはなしているか、または依然として両者の尖端は質的に同一の次元を開拓しつつあるのか、この点に関してわれわれはいま大づかみな証言すら得ていない。かつてのパスカルは繊細の精神と幾何学の精神を峻別し、ヴァレリイは口をきわめてそれを非難した。おそらく両者の立場が止揚される関係は可能であると私は信じるが、その建設をになうべきマルクス主義は上部構造論の泥濘にはまりこみ、修正主義をめぐる葛藤の輪廻を断ちきることができないために、この問題はまったく星雲的カオスと天文学的距離のままに残されている。今日の文明における最大の悲喜劇は、この領域が児童マンガの占有物となっていることだ。

ここにもはてしない卑俗化の症例がある。物質とは何か。無限とは何か。反宇宙とは何か。科学の言葉ではなく、感覚のひずみを肯定する言葉でこの永遠の抽象に向って接近していく営為がなければ、革命もまた疎外からの解放という名の疎外でしかありえない。人間の内的本性とは絶対的抽象であると前にいったが、それは宇宙のはて科学の認識の閉じられるところと対応しているという意味では絶対ではない。われわれは二つの絶対を持つ。どちらか片方の極へのアプローチがやめば、不可避的に形而上化が起るのである。

ところでわれわれの断言肯定命題を見るがよい。私の詩などはいわずもがな、それは何という狭小な世界の断言にすぎないことか。科学がはらんでいる最後の疑問がなぜ人間のこの世の苦しみとして表出されないのか。そのときはじめて詩は断言であり、肯定でありうるのではないか。――私が詩作をやめたのは、おのれの断言癖や肯定癖が詩作にさしさわりを生じたというようなことではない。詩とは無言に否定的にひろがっていく世界への断言的肯定以外の何であろうか。もちろんここでいう命題とは、書かれた命題ではない。一篇の詩に内在する命題のことである。その点で、いかに現実の迷路がするどく描かれていようとも、否定的命題しかはらんでいない詩は、いわば散文の代用物でしかない。人間が最後の疑問につきあたるとき、その衝突がたとえどのように否定的な光を放とうとも、それは客観的積極性をもつ。それを肯定できない人間は詩を書くことができないから、詩をやめることもできない道理である。

詩の論理はあくまで一かゼロか、白か黒かであり、その中間はありえない。詩の論理はどこまでも潜在する不可視の否定的な力に対するためらうことなき肯定であり、その外にはありえない。この論理を大宇宙のはしっこまで延伸し、そこからターンして日常世界へ帰ってくるならば、われわれの内なる「反宇宙」はどのように砕けて、むごたらしい未来が顔を出すか。それが私のいまの好奇心の核、すなわち生の理由とでもいうべきものである。マルクスだって、社会的疎外が消滅し、内部主体の創出だけが自己目的となるような共産主義社会は相当に深刻な社会だと考えていたにちがいない。だがいまのところ、私はまだ「ぎい」と鳴る蝶番の音のようなものを聞いているにすぎない。宇宙と反宇宙のつぎ目がひらこうとする前のイデエが鳴っているのだと考えているのだから、よくよくの夢想家である。

（一九六一年四月号「詩学」）

文学は高くつく

はて文学とはどんなものだったかね、とたずねてみたくなるような昨今である。文学にたいする無用の信仰をふり払ってみても、それはせいぜい現代のおびただしい事実とおびただしい観念の相関関係から、きわめて低次元の構図をトリミングして、その切り取り線の面白さを誇っているにすぎない。文学者とは架空の事実のプロデューサーであり、言語の秩序の編集者であるという角度から、つまり伝達メディアのなかに棲息している職業人の感覚から文学に接近する態度は、彼を事実と観念の中層に漂流する小頭症患者にしてしまっている。それはいわばメディア病にかかっている今日の文明に必然につきまとう現象である。人はもはや文学のなかにある戦慄すべき『総合』を見るのではなく、下手くそな月おくれの『分析』の断片を読んでいる。

事実にも観念にもまるきり手をくだしてその質の変更を迫ろうとせず、単に伝達の方法論をぎりぎりのところすこぶる楽観的に意識することでじゅうぶん方法意識を獲得できるとするような文学観は、もともと商業メディアの属性なのであるが、文学はある種の病識や居直りといっしょにこの属性への潔癖さを放棄した結果、みずからをちっぽけで滑稽な時代おくれのメディアにしてしまった。だからといって、失われた潔癖さをとりもどせば黄金時代が帰ってくると錯覚することは、喜劇の上塗りである。堕落すまいとすることほど文学にとって大いなる堕落はない。潔癖でなくなったのは悪いにちがいないが、それを避けようとするあまり窮屈な姿勢を聖化するようなことがあれば、それだけでも歴史はあともどりしていく。あたかも戦後アカデミズムがすこしぐらいは反アカデミズムの要素を持たなければアカデミズムですらもなくなったという事態を、アカデミズムの単純な正当化によって論難しようとするにひとしい立場におちいる。

そういう『うしろ向き』の批判は、物事の純粋化に役立つどころか、通俗化のうらがえし現象としての神聖化運動によってますます通俗化を促進する。しょせん時代の先端部に追いついていないことからくる危険は、かくのごとく俗になっても聖になってもより少い危険しか引き受けまいとするおよび腰の危険であり、万が一破滅をまぬかれることのできない確実な危険である。時代の先端部に立つことによって払わされる料金の高さを気にしているかぎり、すくなくとも文学の領域に達することはできない。にもかかわらず、だれが今日文学に必要な料金を支払っているであろうか。小説はすべて海賊版であり、読者はことごとくもぐりではないか。文学らしい文学なんてものがあるかどうかは知らないが、あるとすればそれは自殺してみても追っつかないぐらい法外に高くつくしろものとなった。せめて国営にでもしないならば、凡百の青年たちのひまつぶしに文学をすすめるというような悪魔的な勧誘はやらない方がいい。

ただひとつ、文学がなぜべらぼうに高くつくかという理由をのべて、文学愛好者への警告にしたいと思うのだが、文学は事実と観念の間にさまざまな媒体を設けて両者をとり結ぶというような作業を通して成立するものではなく、逆にこの媒体をひっこぬくことによって両者の函数関係をあきらかにしなければならない。媒体の除去によって関係を示すというのは、虫歯をぬき、入歯をしないままで咀嚼力を与えようというのであるから、今日のごとく媒体だらけの、媒体しかないような時代には手間がかかるのである。私なども、どえらい恐慌でも起こってどのみち食うあてはなく、紙を文字で汚してみても元の紙代にすらならないというときがくれば、つれづれなるままに日ぐらし鉛筆をにぎってデパートの包み紙の裏やなんかに小説でも書こうと考えているが、現在はまだ工業生産物と雑文のシェーレに業をにやしつつ、文学とは縁を切って生命をつなぐほかない有様である。

というのも、媒体をひっこぬくとはすなわち実体的な媒体を否定して、そこに見えない媒体をあてがうことであり、このついに対象化されてしまうことのない媒体を発見し、操作することによって世界の変成を触知したいという願望は、画然たる輪郭をもった実体しか現実変革の媒介になりえないとする科学主義的な、それゆえにおそろしく古風で非科学的な執念とわたりあわざるをえないからである。このしちめんどうな争闘に性急な勝負をつけようとすれば、伝達メディアの職人の眼をもって文学をカメラ・アングルで処理するか、あるいは新日文の共産党員有志がやったように、規約の解釈論をたてにとって闘うということになる。もちろん、それらは現代生活にとってある程度必須の技術ではあるけれども、そこにとどまるかぎり文明のなかで文学が占める位置とは逆方向の、媒体フェティシズムを強化することにしかならない。

文学があらゆるフェティシズムの破壊という方向係数によってしか成立しないことは論をまたないが、それゆえに、文学はフェティシズム破壊という観念の固定化、二次的なフェティシズムとの闘いをも強制されるわけである。したがって、それは単に意味の回復運動を司どろうとするばかりでなく、古いフェティシズムを破壊するより高次の、強力かつ新鮮なフェティシズムの渦を創造することを強いられる。このような言い方はあまりにも逆説めくかもしれないが、自由の拡大とは実に低次の不自由の消滅と同時にあらわれるより高次の不自由の露出という形をとって実現されるのが歴史の論理であり、若者風の好みをもって唱導される疎外の克服などというスローガンは、それが疎外という言葉によってはどうすることもできないような疎外の深化によってしか切開されないように、文学は自己の内部の、フェティシズムではないフェティシズムと闘うことによって、旧来のあらゆる外在化されたフェティシズムをうち破るのである。

このような意味でいま文学がそれに拮抗しなければ自己を形成することができない対象とは何であるか。おそらくそれは一昔前までは、存在してはいるが肉眼で見ることのできなかった党から、肉眼で見ることはできるが理念的に剝離しなければ抽象化に耐えない党への過程であったものが、いまやそこから存在してはいないが抽象的旋律を心ゆくまで読みとられねばならない党への過程に移動したのである。不可視の党——それは今日もっとも高次の政治的フェティシズムであり、それを単に政治過程のなかで実体化しようとすることほど愚かな政治主義はない。凡百の『新左翼』はここで躓つまずいて再びか弱い前衛フェティシズムに墜落するのであるが、ここを登りきってより強力な、反フェティシズムのフェティシズムに到達するためには、全思想、全肉体を動員して『不可視の党』という観念にぶっつかって見なければならない。

存在しない、不可視の党に一直線に加担するとはどういうことか。そこにおける不文の規律とは何か。深淵からのひびきに身をゆだねるばかりでなく、いまようやく革命思想の全系譜の裾野を歩いている労働者の自立的歩行と対応して、これまでの成文規約のなかにおける権利の字句を義務と、義務を権利と置き換えてみるぐらいの道楽だか狂気だかがなければ、政治的フェティシズムひとつを文学的に理解することもできないのである。いわば現代性の負荷に耐える文学とは、一人のなかに最新の思想的独占状況を——最高かつ瀕死の思想コンビナートとして創造し、それを一瞬に爆破するものであるから、高くつくことでは核実験に劣らないと知るべきである。

（一九六一年一〇月二五日「九州大学新聞」）

中野重治――『活字以前の世界』

花見だよりめくニュースを綜合すれば、東京でも地方でも、水爆なみのきれいな転向、おみおつけなみの山の手風転向、天皇制なみの大衆転向は、いまらんまんと咲きにおっているらしい。戦後の新型転向は、天皇を讃美したり、独占を謳歌したりすることを必要としない。あいまいな微笑一つでたくさんである。どっちに転んでも自己批判しさえすれば何とかなる「前衛」が片方にあり、おだやかな物腰さえしていれば決して卵をぶっつけたりしない「大衆」が他方にいる社会では、転向という名のつかない転向の範疇はどんどんふくれあがり、かえってさまざまの美徳を代表する形容詞を勲章にもらい、それと反比例していちおうの非転向は暁天の星よりもまれになっていく。

非転向という概念に対する私製の定義は、ある信条の固持ではなくて、自己否定力としての思考の回転速度を落さないことであるが、そのような意味での非転向は、一般的にいって戦前よりも今日の方がはるかにむずかしくなっていることを銘記すべきである。転向は権力対被支配の相関関係から起るのではなく、被支配内部の緊張の脱落と排除によって生まれることを教訓となしえたのは、戦後の「前衛」ではなく、レッドパージ以後の権力の側であった。

転向・非転向のなかみもまた時とともに移り変っていく。往年の獄中非転向は、他人を許すためにではなく、自分の停滞を擁護するために、転向を声明しさえしなければ転向ではないという形式論を発明し、それを非難するすべての者を挑発者よばわりすることによって新型転向の製造元となった。かれらは天皇にしっぽをふる転向のかわりに、「前衛」にしっぽをふる新しい転向をつくりだした。

ただし「前衛」を頭から賛美する方法はさすがに衰退し、転向・形式論の非難者たちにしかめっ面をしたり、ちょいとくさしたり、説教したりする流行が発生した。むろん、かれらは「前衛」に対しても、公然たる批判のほかはしかめっ面やかげ口もさかんにやっているわけで、形勢が怪しくなってもちゃんとバランスがとれるように計算しているつもりなのだ。したがって、これを裏がえせば、いつでも「前衛」に先祖がえりすることの可能な「挑発者」だってうようよいるというしだいである。

戦後転向の特徴の第一は、転向の常識的カテゴリイにあてはまらない客観上のあいまいさであり、その第二は転向の基準を内的に喪失した、双面の偽装転向であり、その第三はおもてむきの賛否にかかわらず、これらの心理傾向を蔽うものとして、かつての生産力理論にかかわる構造改革論という、より正統派づらをした政治路線の裏うちがあることである。

さて、この種の転向なだれを起こしたもっとも具体的な原因は何であったか。それは血を見さえすれば、血という文字を見ただけで胸が悪くなり、ひたすら血のない海鼠《なまこ》のような世界へ固まっていく赤色恐怖症であった。「深沢七郎をまもらずして何の言論の自由ぞ」といったのは吉本隆明であり、それに反対ではないが、しかし私はさらに歩をすすめて北海道の流しのギターなんぞで油を売っている深沢をたたくべきであるとおもう。血を恐れてもかまわない。突っぱしるのもいい。だがどうせ逃げるなら、全学連の事務所にでもとびこんで、全学連を右翼との対決に追いこむぐらいの逃げようをしなければならない。全学連がもてあますなら、むろん私たちが引き受けてもけっこうであるが、逃走にもなお闘いの筋道はつきまとうのだ。

そのとき、「右翼よ、出てこい」とさけぶかわりに「テロルは右翼に対しては許されるか」という文章のなかで、深沢の作品には革命裁判が出てこないという文学外的批評をもてあそび、暗にテロルを招いたのは深沢の自業自得であるかのような発言を行ったのは、だれであったか。「革命といえば暴動的なものを空想する癖、混乱やら流血やらを目にうかべる癖、しまいには、混乱がおこれば革命が近づいたと思いこみかける癖、こういうわれわれにおける革命のイメージの弱さの問題は一般問題として残っているといっていい。つまり混乱と犠牲との基本的廃絶が革命だというイメージは日本ではこれからということになる。」こういう寝言を、革命時における民衆の大渦がもたらす混乱を最高の秩序だと感じないボルシェヴィキほどあわれなものはないと嘲笑したレーニンに読ませてみたいものだ。

　火炎ビンで武装闘争をしているとおもいこんだり、あわてて極左主義として否定したりするのを、はたして日本的スケールと断定してよいものだろうか。いや、日本の裁判所ではこれを爆発物ではない、つまりオモチャであると規定しているではないか。私はいささかも極左主義の肩をもつものではないが、極左主義反対はほんとうの極左主義にむかってやってもらいたい。「右翼に対するテロ」を主張する学生をたしなめることぐらいは、「おまえさん、一人でやる気かね」と一言聞いてからでもおそくはない。

「赤まんまの花を歌うな」と歌って、青年期から赤色恐怖症の萌芽をあらわしていた彼、中野重治は、安保・三池以後の状況下で「夏から秋へ」「活字の世界と活字以前の世界」「村上元三氏の『一党一派に偏してはならない』説について」「テロルは右翼に対して許されるか」などの文章をつぎつぎに発表し、赤まんま禁止当時の心情的定式がいぜんとして寸分変っていないことを示した。

　赤まんまを歌う者は私のような「民主陣営内部の弱点、不十分」を「手のこんだ繊細さ」で攻撃している「全体を見失った」人間であり、もっぱら腹の足しになるところを歌う者は中野のような「もしわれわれが、本来の外敵から眼をそらして、もっぱら内部の敵だけに没頭するとなれば危険が生じてくる。自殺の危険であり、むしろ自滅の危険である。しかも実地には、外部の敵こそ本来的に大きい」という認識をもつ、「するどくなりたいとは思わないが、素直で質朴な態度へ立ち戻りたい」人間である。

はたして彼はどの程度に素直で質朴であったか。周知のとおり、彼は最高の階級犯罪を犯しつつある日共指導部に対してじめじめした微視的な小ぜりあいをくりかえしながら、他方では新日文を根拠地にして若者への威勢のよい小言幸兵衛ぶりを発揮していた。戦前において「みごとな後退戦を闘った」と評価されている彼が、ここでもまたみごとな偽装転向の手ぎわをひろうするつもりであったのかもしれないが、その後の経過が示すように、彼は戦後型転向のみごとな典型となり終ったにすぎなかった。

彼の得意とする「実地」「実用」主義などは、『活字以前の世界』にもっていけば、すなわち若僧には勤倹貯蓄を説き、自分はただ酒のお座敷を欠かさない自民党小ボスの論理であることは自明であるにもかかわらず、今日まで革命派文学者として生き残ったのだから、世の中はふしぎなものである。六〇年秋以降、私は中野重治という文学者の名前を自分の心中でスミ黒々と一片のあとかたもなく抹殺してしまった。

ところが、この雌雄同体風の双面偽装転向が党大会直前の変身によって落着がついたとおもうまもなく、今度はその党指導部とじめじめやりあっていた当時の文章を一本にしたというのである。日共に対する自己批判は偽装だというのか、それともここでは表向きのところ私などをやっつけているから改めて忠節を誓うことになるというのか。いずれにせよ人民を欺くのもいい加減にしろといいたい。

しかもなお、彼は「前書き」で開き直っていうには、「しかし私は、それを文学論、人間論として書いたとも思っている。つまり私は、人がこれを私の文学論として読んでくれることも内心ねがっている」とやらかすのである。

とにもかくにも多年いっしょに「文学運動」をしてきた同志たちが続々と除名されているとき、かれらの誤りを信じるなら信じるでそれとの分裂線をあきらかにする一行の文字も書かず、自己の変節に一片の説明も加えないで、時事評論を刊行し、しかもそれを文学論として読めとはいったいどういうことであるか。それが彼のいう素直さであり、質朴さであるのか。

見よ、ここに第二インター化とスターリニズムの混血がうみだした戦後転向の標本がある。すこしばかり年をくらったからといって、円熟もくそもないところに革命的という形容詞は用いられることを忘れ、流される血の論理は、血の流れる瞬間のその場にしかないということを忘れ、それに抗議する人間をセンチメンタルだの、湯とともに赤ん坊を流すものだのといっておれば、思想と文学はどこにおもむくかという貴重な史料がここにある。

このような背走コースを切断することができなかった点で、新日文の運動はとことん破滅したものとみなさなければならない。吉本隆明の口ぶりを借りるなら、中野重治を追放することができなくて何の文学運動ぞやである。だが私は文学者のリストからは彼の名前を抹殺しても、彼の思想的罪悪は忘れない。和解を求めない、自己批判をも認めない、許さない大衆がないかぎり、転向の基準を完全に失ってしまったかにみえるこの世界に一本の抵抗線を引くことはできないからだ。

　私は報復を誓っている。報復の組織化だけが今日の転向なだれを防ぐ柵であると考えている。私怨、私憤とよびたい者はよぶがよい。おそらく私はクレイジィでもあろう。発狂者、失踪者、負傷者、殺人者、轢死者といった私の半面を範型とする犠牲の諸相をうみだしたこの二十ヶ月間、完全孤立の小さな闘いを坑夫たちとともにくぐりぬけてきた顔がそれほど陽気にみえるはずはない。

　中野よ、私たちの「革命裁判」を受けてみるがよい。そのとき、限界のない恐怖にさらされた「実地」「実用」主義者の面色が赤まんまの花に似ているかいないか、いずれ私たちは本気で実験してみたいとおもっている。


（一九六二年三月一二日「日本読書新聞」）

花田清輝——『鳥獣戯話』

花田清輝をふくむ十数人の党員文学者が除名されたという日刊紙の記事に、戦慄とか悪感といった類いの衝撃を受けた者はほとんどあるまい。それは新聞記事としても、事件の質としても、ひどく季節おくれのものであったために、あるガス状のものが他のガス体をとびらの外におしだしたとでも読まないかぎり、かくべつの感興をそそるものではなかった。

しかし、注意ぶかく眼を近づけてみると、そこに何の特徴もないとは断言しがたい、ある斑点があった。たとえば、野間宏について下部機関はすでに除名を決議しているけれども、上部機関はまだ除名したわけではないという宮本顕治の談話には、彼がつねに強調する規律への幾重もの侵犯が重なりあっていて、私はその瞬間にこの箇所を読んでいる大西巨人が立ちどころに指摘するであろう不合理のかずかずが、タイプライターのようにカチカチと鳴るのを感じた。それとともに、私は何も悪いことはしていないのに、除名とはわけが分らないといった風のことを語っている野間宏が、自分が少年感化院の優等生なみに扱われている事態に対して、そっくりむこう側の引いた線の上をあるいているような答え方をしているのが、陰惨なユーモアを誘った。

年おくれだか、月おくれだかわからないこのニュースから、なにがしかの新味をひきだそうとすれば、それはこの二人の談話にあった。それは裏側から見るとき、あるいは政治集団による除名が一つの知識世界に深く微妙な震動をあたえるといった現象は、はるか遠くにすぎさったことを告知していた。いつもは養老院の名主づらをしているくせに、たちまち平ぐものごとく手をついて、それを円熟とか老練とかの徳目と、素朴だの腹の足しだのの美学とかきまぜてみせたつもりの醜悪むざんな連中は、ロケットにつめて大宇宙を永久に浮遊させるか、遊星流しにでもするよりほかはないしろものだが、それらを別にすれば、この処分は若輩末席の方からちょんちょんと切っていって、最後に野間ひとりを残し、そこでくすぐったり、突っついたりするという、ほとんど花田理論を忠実に地で行ったとしかおもえない、前近代を否定的に媒介させたモダンな戦術である点に特徴があるとおもわれた。

だが、どういう戦術をとってみても、思想的処刑のための除名という政治行為が、もはや単にAのなかからBをおしだす物理的な効果のほかには、いかなる意味もつけ加えることができなくなったことはあきらかである。

除名による思想禁圧の時代は終った。けれどもこのことは社会の平和や進歩の証明にはならない。除名にまさる激突が必要であるときに、除名という形式への収斂しかないところに、除名の死ぬ理由がある。

ソ連におけるモロトフ問題にもみられるように、私たちは一律に敵も味方も、相手を根っこから打倒すべき総体的な方法の欠如にあえいでいるといってよい。許しを乞われるとき、それを受けいれることによって相手をうちのめすのは権力の論理である。許すことのできない性質の憤怒はどこへ行けばよいのか。この種の憤怒を冷まそうとして、プロレタリアートの報復のパンチからもっとも遠いところでしきりにまわっている幾つかの換気扇をどうしてとめたらよいか。

「彼は敵だ、彼を殺せ」という埴谷雄高の規定した闘争原理は、私の眼からみるならば、かならずしもこの世の現実に貫徹しておらず、むしろ敵も味方も総体としての否定の方法がみつからないことにいらだち、その妄執が一滴も桶の外にこぼれおちないことに精神を浸蝕させているのが今日の「平和」なるものの正体であると映る。はたしてどちらが実相であるのか。無用の長物と化した処刑台の、風に揺れる首つり縄のような除名と、「敵の全部を殺せ、敵の全部を奪え」と不吉な呪文のようにたゆたいながら、まだ蟻の穴ほどの出口もみつけていない妄執の海と。

おそらく埴谷には、天皇制と前衛をオーヴァラップさせるところに恐怖の十字架をみいださねばならなかった時代の刻印があるからであろうけれども、そこにはまだ、この世でもっとも恐るべきものは、ほとんど永久被圧迫者とでも名づけるよりほかない人間たちを抽象していったあげくに認めざるをえない、一種の動かすべからざる内的な全体性への要求であり、そこに一歩切りこみ、その断面を代表しようとすれば、どのような完全包囲を経験しなければならないかという問題からの蕭洒なすれちがいがある。

そのすれちがいは、埴谷が「吉本隆明の書物を読んで私が不覚にもはじめて知ったのは、花田清輝をも含めて私達の世代の全的敗北という現事態についてであった。抵抗と協力という二つの主調音を如何に巧みにフーガふうにつないで前進的な意味をあたえても、死の国から帰ってきた吉本隆明の世代をついに克服し得ないという思想的な転換期についてであった」と書くときにもっとも明確な輪廓をもってみえてくる。

真に敗北した者は代々木のように、中野重治のように、決して「負けた」とはいうことのできないものである。そして吉本が相手に求めている敗北は、吉本の勝利をかくも手あつく理解してくれる種類の降参ではなく、真二つに断ちきれた勝敗のうちの降伏なき敗北であることを知りつくしながら、こうやられてみると、吉本はまたしても首つり縄の環のなかをすりぬけていく風を感ぜざるをえないのではなかろうか。

この意味で、花田と吉本の対立を戦略論争とか芸術論争とかの分類法によって整理し、その帰結が吉本の勝利に帰したという風な消息通たちの判断を、私は信じることができない。そこにあるのは論理構造の公理的部分にある位相のすれちがいを、現実の局面に照射したばあいの角逐であって、たとえそこに花田の現実適用への読みちがいがあるとしても、彼の提出した擬装の自覚を指導と呼ばれる領域へ引きなおして考えるという問題は、下からの内的な否定のトータリズムを抽象するその瞬間にはっしとつきまとう類別化を、もう一度ふりはらおうとして起こる知的操作の二重性と翻訳するならば、かならずしも吉本によって充分に開かれたとはいえない。花田の敗北は論争の外にある私たちの勝利でないことはもとより、吉本の勝利というぐあいにも単純にはつながらないのである。

だがしかし、吉本が安保前後の状況を相手どって、それを否定すべき総体的な方法の欠如という苦悶のなかに潜水しつづけていたとき、花田はその対極に位置を占めた者の当然の報いとして、局所的なパターンのとりことならざるをえなかった。慷慨談・書生論への否定、インターナショナリズムによる時代区分の提唱、公家対武家の対位法などから文学者益鳥論にいたるまで、吉本によって退路を断たれた花田が自己の位相の有効性を証明しようとして、およそ比喩というものの限界ラインをはるかに越えるまで、現実からのさんたんたる背離をあえてしなければならなかったのは、思想の曲面性にはやくから着目していた彼が皮肉にも一直線に落ちこんだおとしあなであった。

にもかかわらず、それゆえに、私はかかとでリズムをとりながら、どこでターンしようかと迷っている凡百の花田批判者および花田同調者よりも、花田自身を評価する。とにもかくにも、彼は思想家の運命というものの前にいやおうなしに立たされて、ぼろぼろになったのである。この相対評価は鶴見俊輔の立場における「折衷主義」によるものではなく、私が思想を主として肉体との離れぎわにおいて、そのトータルな生体との関連から見ようとするためである。

彼の近著である『鳥獣戯話』に収められた三部作「群猿図」「狐草紙」「みみずく大名」を読み

かえしてみると、『泥棒論語』から『佐倉名君伝』を経て、しだいに剝げ落ちてきた独特の金碧法が、状況認識にかんする居直りと自己批判の苦渋をひっそりと混えることによって、落莫たる水墨画に化したさまがたどれる。

　猿の集団運動を賞揚しようと、流離のたいこもち文化人の狡智を強調しようと、巣に帰ろうとしていれられず、巣の内側から巣を破壊しようと専念する老人を小鳥をつかまえるオトリにされるみみずくの象徴に仮托しようと、パターンがついにパターンでしかない、その彼方の余白には、しらじらとした煙霧が立ちこめ、その霧の濃さは提出されたすべての比喩や象徴の強度をたちまちうち消してしまう。状況を総ぐるみ否定する下からの報復の道が決定的にとざされているがゆえに、全エネルギーが方向もなく声もなく、たがいに相殺しあっているところに、現代社会に対する批判の焦点を結ばせまいとすれば、このあいまいさと力弱さは避けられない。

　そしてこの煙霧を逆に利用しながら、代々木は彼自身をふくむ処分を、彼のアバンギャルド芸術論のさながら政治的応用篇ともいうべき方法で遂行したのである。虚空に揺れる首つり縄にすぎないとはいえ、敵に逆手をとられ、味方を峯打ちにした返す刀のやいばで敵に切りつけるはずの腕が動かなくなったのは、彼の剣法の未熟さというような種類の問題ではなく、本来守勢の論理から出発する彼が、その守勢を煮つめて、被圧迫者の憤怒と自己の抽象との間にある距離を縮めようとするかわりに、パターンの厚みをまして、防衛力増強を図ったからである。

　彼と中野は行動の最終形において異なる。だが、被圧迫者側の総体的な憤怒と書生の慷慨談をごちゃまぜにすることによってミスティフィケーションをはかり、擬装の効用についての過大な期待を同伴者たちに流行させた点では、中野と同型の、そしてより大きな責任をもっている。その動因は吉本にあっても、その責任は吉本にはない。しかもなお、いま彼が「鉄の規律」なるものを一面的に唱えるのは了解できない。現にある「鉄の規律」が、裏側に突き出た所有の論理にすぎないとき、なぜ彼はパターンの単純化によるパターンの厚みにまだかくれようとするのか。

私の日常的体験によれば、すでに労働者階級のなかにおける左右両翼を区分する目安は完全に消滅しており、全「左翼」と全「右翼」がそのシンボルとスローガンを交換しあっても何の不都合もないばかりか、そのなかの任意の一群は他のそれに対してより左翼的であるとともにより右翼的でもあるところの円環関係を示し、その回路が自分自身をつらぬいていることを思い知っている者だけがかろうじて、この世ならぬ衝撃によって自壊しようともがく力のほかはいまどんなエネルギーも頼りにならないことを感覚しつつ、地上的な、あまりにも地上的な限界がまだ破れないと呪っているかにみえる。

この無形の声にのみ耳かたむけ、この声をのみ恐れ、この声にのみ毛穴をふるわせるとすれば、規範主義と文化主義に偏倚した花田理論ではなくトータルとしての花田清輝はどうなるのか。もしそこに位相を合わせることができるという仮定に立てば、彼のプロペラはまだ回転力を失ってはいないとおもう。そのとき虚空の舞によって虚空の罰をまねいた彼の除名は新しい意味を帯びることになるわけだが、彼がよく思想家としての断線にふみきるか否かは、私の推論の外にある。

（一九六二年三月二六日「日本読書新聞」）

埴谷雄高氏への手紙――『不合理ゆえに吾信ず』

あなたの初期詩篇――詩というよりは短い形而上的メロディを、トラックのエンジンがたえまなくひびく鉱害家屋で、もう幾日も開いたり閉じたりしています。ひさしぶりに私は昭和十年代の前半に住んでいます。そのころ田舎の中学生であった私は、ひそかに匂ってくる前世代の屍臭にすくなからずげんなりし、現代語でいえばその水っぽい挫折感を深く軽蔑していましたが、この一冊は私に当時も逸楽はあったのだということをたしかめてくれます。

そうです。申さばこれは幾本もの言葉の扇といったものです。各篇の導入部と主部はいつも四十五度ぐらいの仰角で交じわり、一つの命題が他の命題へ転調し、展開する箇所には、いつかもいったように「さて」とか「ぷふい」とか、道楽者の常用する無論理な鋲がことさらに使ってあります。直角にはげしくつきあてることしか知らない無法者の私には、このようにつつましい対位法のおとなっぽく白っぱくれた演技に、いくらか業をにやしてみたくなることがないとはいえません。けれども物憂げに沈んでいるウキがなげこまれたつぎの瞬間、ひややかに無礼に音もなく舞うのをみると、つい(魚がきた!)という感じにとらえられてしまいます。この誘惑の手口は、たとえば能舞台の上での人間関係に似ていますし、おそらく私たちが日常かぶっている仮面と皮膚との民族的な函数でもありましょうが、あなたはそれをアフォリズムに適用し、或る形式を創始されたのです。

はやくも形式をもちだしてしまいましたが、私はあなたの「自同律」の運動に好奇心を抱いているのです。『遊星が遊星であるとは無意味であるとは、また無意味であろう』断言への欲望がかくも断言を制禦するのは、二十年あまり前の事態のせいなのか。そこに或るなまなましい現代の臭気を感じるのは、当面する今日の事態のせいなのか。歴史的時間に即して答を得たとしてもどうにもならない一行をうみだした時間の意味が私をうつのです。

新しく発見される形式の内包する古典性のなかにしか歴史が存在しないような時間、それを切りぬけるのにあなたが武器として用いられたのが自同律だけではなかったということ、『薔薇、屈辱……』という修飾がそこにあったということ、つまり一種の不等式の等式が併用されていることに、私の口はつぐみかけます。自同律は運動を拒絶する。だが自同律が薔薇と関係を結ぶような運動の拒絶はまた運動である。しからば——それは論理なきドラマであったのか。それとも、ドラマなき論理であったのか。あなたはまた『悪徳』のすみかに帰ってしまわれる。『或るものをその同一のものとしてなにか他のものから表白するのは正しいことではない』しかもなお、なぜAは薔薇であり、屈辱であり、自同律でさえもあるのか。そこにはもう論理はありません。それはいわば詩の態度とでもよぶべきものです。詩でもなければ、詩学でもない、認識の非計量性の承認。そこでたちまち「弁証法！」とよばわる卑怯なものぐさぶりを痛撃されながら、私はまだ水面から眼を放すことができません。あなたのウキはなにゆえに微動することが可能なのか。

おそらく私は、あなたの『自同律の不快』『存在の不快』という意味を、それがあなたの唯一といってもよい基本的な主張であるために、それを快楽の別名と受けとって計算する結果、このような違算を生ずるのでしょう。たしかに『賓辞の魔力』への楽観から記帳を開始するバランスシートのゆくえは知れたものです。強健な経理を保とうとすれば、それを敬遠するに越したことはありません。だが私の耳に「どっちみちおんなじさ。同じことなら脆い方に賭けるのが面白いよ」とささやくもう一つのデモンはいったい何としたものでしょう。そやつの名前が『詩、または弁証法』というのではありますまいか。詩と詩の態度はそこで区別されます。世界観のもっとも素朴な区分法は、最初の命題にふくまれる楽観と悲観の百分比にあると私は信じていますが、その意味であなたは私よりもほんの少しペシミストです。だが主張はしばしば実体を逆さまに表現します。あなたの『不快』がほとんど賓辞そのもの、それもかなり優雅なものであると見えるのは、やはり私が一世代あとの人間だからということになりましょうか。

いずれにせよ、対位法の夾角を完全に開ききってしまわない節度はあきらかに文明の兆候でありますが、この抑制の規律を大都会の同類たちとの対話に探しておられるのか、それとも草深い夷狄の部落の独言にみつけておられるのか――場の放棄にいささかの未練も持っておられないあなたから答をひきだすことはむつかしい、この点に関して私はただ、この世のいかなる層をも代表しまいとするあなたの決意を読むより他はありません。より大いなるもののより完璧な代表であろうとする欲望は、一般に政治の論理を戯画化するときにだれもが使う説明ですが、その実この根はいいようもなく深いのは自明のことです。代表の論理は政治の論理をつらぬいて、すべて表現とよばれるものの骨髄にまで達しています。したがって、不参加と非代表の論理もまた同じ強さのヴァリュウをもつ。『俺の不快はいわば跨がらざるを得ないところへうまく跨がっていたのだ』だが私たちの耳はそのとき「そこまできたか」という声と同時に、「まだそこにいるのか」という声を聞きます。人々は――私をふくめて――歴史のなかに逃げこみます。ふり落されようと、誤った目的地へ着こうと、しょせん動くものは楽しい。動いているつもりにしてくれるものは安らかです。存在の力学に歴史的時間を売笑婦のようにひっぱりこんで死に急ぎます。この世を木賃宿だと考えた芭蕉からいくらも離れていないのです。だがあなたはブランコからおりようとはされない。『俺が身動きでもすると、深淵からでも響くような鈍い響きがする』腕白小僧そのままに、おりない理由は『不快』です。不快が解決であるとは無意味であるとは、また無意味であろう。

昭和十年代に、また今日の瞬間に――状況の二重性が岩のように単純に腕をおしつけているとき――確乎たる存在のスタイルを発見しようと願った人間はたぶん想像以上に多いのです。そのスタイルとは一個の原型的な疑問の対象化にほかならないことを察していた人間も二三にとどまらないでしょう。だがこの二つの時期をつらぬいて、弁証法と反弁証法（あなたはそれがありうることを主張した最初の人です）の境界に疑の秤を置きつづけたあなたの潜水記録はまだだれも破っていません。正直なところ、かつて私はあなたが相当ズルをしたのではないかと思っていました。事実——『例えば弾性を喪った弾条《ぜんまい》が佗しく自身に戯れてみる——懶く自身を捻ってみることにも、やがてはしづまりきってしまう空虚を味わっている羸弱さがあった』というようなところに梶井基次郎の口裏を、『俺は思惟の罠にもかかりはしない。不快の裡にひきずり出したものを俺の身に彩りつけてみるほど俺にしゃれ気はありはしない』というようなところに小林秀雄訳の「テスト氏」の語り口を、チュウインガムのようにくっつけてみることはすこぶる容易でありましょう。しかし、それはあなたの、夾角の一辺でしかない。『薔薇、屈辱、自同律』が杙につかまったとしても、頭は水面に出ておりません。この種の不純さを方法と化すだけの余裕とみるのは、見物人の無邪気さでしかありますまい。つかまれるかぎりのものにつかまりながら、しかもあなたは頭を出さなかった。私がこの作品にもっともうたれるのは、あなたが独自性を主張しておられないことです。

かくて私は一巻の潜水法の秘録を眼の前にしております。それは巨大な現世教となることなく埋れた賢者の呪文に似ています。記録、収集、印刷などに関する、あの人称をもたない貪欲な情熱がなかった時代ならば、この本はなかったでありましょう。これは口伝として保存されることこそふさわしい。そして私の好みをつけ加えるならば、それが歴史の風圧のなかで解体し、飛散し、しまいには沙漠をへだてて存在したかもしれないもう一つの「老子」や「論語」として、痕跡すらないところを嗅ぎまわられる不在の存在となることがこの本のしかるべき運命であろうと考えます。聖なる普遍のためにではなく、傷ついた個人の実用のためにうまれることが、書物が生誕にあたって受ける最大の祝福であるとすれば、この本はすでに充分すぎる光を浴びています。潜水法の有効性などは問題になりません。人生は一行のボードレエルに如かないなどという警句の通用する領域ではないのです。私たちはこの本に、避けがたい破滅の避けがたい見本を読めば足ります。

あなたは期せずして昭和十年代の深夜版を書かれた。そこにあった夜は、他の何人によってでなく、まさにあなたの手によって新しく定型化されつつあったのだということが了解されます。私たちは意識せずして自分の年少の夜をあなたに負うよりほかなくなっています。奇怪なことです。だがそれよりもなお恐怖すべきことは、かつてのあなたの夜がいかにも夜らしい夜であったのに反して、いま眼の前にあるのはまるで昼のような夜、精神の白夜です。なおも不眠の夜をつづけているあなたの反弁証法が、この地上の闇の新しい形相のなかをどんなに潜っていくのか――あなたに期待するというのではなく、どこかにもう一人の埴谷雄高があってよいはずだという思いがしきりにします。

（一九六一年三月一六日）

（一九六一年六月『不合理ゆえに吾信ず』現代思潮社刊）

井上光晴——『飢える故郷』

ミツハルよ。「飢える故郷」一巻を受けとった。いつもの伝でさらさらと読んで「あ、はあん、ふん、ふん、わかった、ミツハル、ＯＫ！」と傾いた天井のしたの「食堂」の本棚にのっけておいた。そのうちだれかやってきて「イノウエコーセイですか、二、三日借してくれんですか」というにきまっているからだ。

ところがミツハルよ、まだだれも借り出さないうちに一橋大学の新聞がこれをサカナに北九州でおれが見ている労働者の何とかを展開してくれといってきたのだ。おれはちかごろ大学小僧たちの前で何かと展開させられるくせがついているので、あっさりことわろうかと思った。それにおまえがちょくちょくおれの恥ずかしい経歴をバクロするおかげで、何にもわかってない奴がおれをすっかり歴戦の闘士あつかいすることになったりして、迷惑しているのだ。おまえが昔からおれにいおうとしていることは「バカ正直者」ということだろう。それは大きに正解さ。おれがおまえに「兵隊野郎」というようにね。

それがすらっと通ってくれりゃあ、おれたちも世間に恥をさらさなくてすんだのだがね。いうて甲斐なきことながら、そいつが通らねえってことが甘いか辛いか知らんけれども、戦後運動の歯車をスリップさせた最大の原因よ。それをほっといて戦略戦術のまちがいがどうのといったって、どだい運動というものになるかならんかの分れ目ですべって転んでいるんだからな。

かくて汝は作家となり、我は詩人の道化服をまといしが……福岡はカミノハシの電停に降り、地方委員会事務所のあった方角へ足を向け、海風が顔にあたれば、すべてはじゅっと消えてしまうにきまっている。おまえもおれも党に入ろうが入るまいが、離脱しようがしまいが、ひっきょう根っからのオルグであるということを骨身にしみて知っているのは、残念ながらご本人たちだけ。ましてオルグの本質的な屈辱と栄光、罪と涅槃など商品にして売ろうにも売りようがないのさ。

もっともおまえにはちょっと「売りつけてやった」と舌をだしてよろこんでいるところがある。井上光晴の重く暗い文体（！）かね。それはいいよ。あながち誤解とばかりはいえまい。しかしおまえの文体のシンのところにあるのは、いつかもいったようにアジビラの文体よ。そういったら、またおまえはよろこんでいたな。「煽動こそ最高の文学だからな」といって。それもそれでいいよ。だが、おれの言葉にはちょっとしたワナがあるのだ。たしかに、おまえの煽動のスタイルは売れたかもしれぬ。では果しておまえの煽動しようとしてきた内容は売れたか売れぬか。はっきりいって、それはまるで売れていない。

つまり文学市場に流通していない。またそれはひっきょうかかる市場に流通することもなければ、流通させてもならないものなのだ。

ミツハルよ。この世にゃ刀剣鑑定家と殺陣師はごまんといるが、刀鍛冶と剣術使いは年々歳々すくなくなっていく。おまえがボロ刀をひっさげて単身、東京の黒雲城に斬りこんでいったとき、そこにオルグの正業を廃棄せざるをえなくなった文学的煽動家のやるせない伝達不能の領域があることを見破っていた者はそれほど多くないと信じている。鑑定家や殺陣師どもはおっしゃる。井上光晴の戦争と天皇制と運動の頽廃に対する執念（！）とね。なんたる素材主義的批評！「ガタルカナル戦詩集」「虚構のクレーン」「死者の時」なんでもかんでも、そういいさえすればすむと思ってやがる。そして「飢える故郷」でもまたぞろ馬鹿の一つおぼえだ。あんまり阿呆らしいから、こんな公開便をしたためる気になったしだいだ。

炭坑夫のなかには、よくこんないい方をする奴がいるな。「会社の線じゃだいたい三十五円の線が出とりますが、私たちの線は四十五円の線はもらわにゃという線になっとります」そういう表現法にしたがうなら、おれとおまえの線をつなぐ線はやっぱりオルグの線であってそれ以外の線はありえない。ところでそういう線によれば、「飢える故郷」はいったい何であるか。おれの眼は狂っていないはずだ。これまでさまざまな事象、とりわけ時事的な風物に仮託して語ってきたおまえが、いよいよオルグ本質論にはいりこまざるをえなくなり、その習作がはじまったということだ。「完全な堕落」「手の家」はちがうよ。これはおまえの煽動スタイルでこなせる題材だし、「手の家」なんかラングストン・ヒューズを日本化したような口あたりで、きちっとまとまったものだよ。だが、おれのいうのは「褐色の唾」と「飢える故郷」の方さ。

おれたちを風変りなイデオローグに数えたてて、思想の潮流とやらの勝手な色模様を描いてよろこんでいる世間さまに反撥していうのだが、おれたちはあくまでオルグさ。つまり思想って奴を、その行為的発現の領域にみずからとびこんでいじくりまわさなければ、思想の自己運動だけでは満足できない人間よ。「褐色の唾」の冒頭は「英樹は本当のルポルタージュなんか書けない、本当の思想なんか何もつかめるはずがない。こんないんちきな生活をしていて……」とはじまるが、あれがまあ、いわば正負両様の意味でオルグの論理だな。だから綾乃という女は徹頭徹尾、男にアピールし、工作し、組織しようとしているオルグだね。はたらきかけそれ自身が思想の全領域と化している存在だ。優子てのは大学の先生程度のイデオローグだな。「綾乃さんのこと、はっきりする必要があるわね」といってみたり、「洗面器をお尻の下に入れるのよ」とわけ知り顔の指図をしたり、そのくせてめえの位置をみずから確定しようとする努力は何ひとつしない。

ところで文学鑑定上のルールにあえて違反して水尾英樹＝井上光晴と乱暴に断定した方がおれの話がしやすいので、そうさせてくれ。綾乃という女はたしかにオルグの習癖は持ってるかしらんが、おまえに「本当の思想」を要求するのは筋ちがいも甚しい。オルグの思想というのはそんなまっとうな白痴づらをしているんじゃなくて、鉄火の気合一閃の論理ただそれだけに賭けられているものだってことが分らないオルグは結局運動の足手まといでしかないからだ。「水尾英樹は車の中でべろりと舌を出した。苦しみも何もない。次々ともっともらしく女の声を思い返してもおまえは本気で何も考えてはいないのだという別の声がきこえたからだ。舌をだせ、思想もルポルタージュも、何もかもだましつくせ……」というおまえの回答のしかたもべつにおどろくことはない。このあいだもこの新聞で織田何とかという男が工場労働者だなんて利いた風の、肩書ならぬ尻書をくっつけておれに聖なる訓示を垂れたから、おれは「ペテン師」として応戦したばっかりだ。

しかしミツハルよ。それでオルグの仕事が全部すむものでないことは、おまえも先刻ご承知の通りだ。オルグのシンセリティってものはその先にある。つまり、いんちき一本に徹して炎のごとくだましつくす擬制論理の昇華こそオルグの道なのだから、だましつくすがだましつくすという言葉で終ったんじゃ、しょせんおれの「工作者宣言」みたいなもんで、鑑定家やその信奉者どもをたぶらかす程度のお楽しみじゃあるまいかね。

たぶらかせない奴がいる。九分九厘たぶらかされても、あと一厘で食いついてくる眼がある。そのいやな、ぞっとする気持をむしろ対象に設定することによって、そこへ斬りこもうとするおまえの——体のシンに通っている思想工作への信頼感というものはよく分る。それは生態として区分された知識人にはいつもなまじっかな形ですりぬけていってしまう、とてつもなく重い知的主題なのだ。

その眼それ自身を、おまえは「褐色の唾」でちらりとでも書くことを避けたな。へぼオルグ綾乃に代用させたな。「習作だからねえ」というかもしれぬ。「散文というのは、おまえのいうように底を書いてしまうもんじゃない」というかもしれぬ。事実、おまえの習作的、散文的はぐらかしの筆致と重なりあった「欺瞞宣言」を、鑑定家どもはストレートにつかまえる触手をもたないので、「井上光晴にしては愚作だ」などといってやがる。愚作か傑作か、そんなことおれは知っちゃいねえ。連中はみんなだまされまいと眼をこすって「文学」を鑑定し、そうすることでおまえからはぐらかされているが、おれはただ「オルグの報告」として読んでいるんだからねえ。今日の報告に出てこなくとも、明日の報告にはオルグのほんとうの対立物が出てくるのだろうな、と念を押しているのだ。

「飢える故郷」の方こそ、むしろ手放しのやに下りだね。東京で作家になった元坑夫が閉山された山に帰ってくるという状況からしてすでにナニワブシだと思って読みはじめたら、案のじょうメロドラマへホール・イン・ワンときた。炭坑夫自体さまざまな氏素姓があるわけだし、おまえが自分のそれを微視的な座標でとらえていないわけでもなかろうが、あんがいそこは甘いんじゃないのかな。まあ東京神田一ツ橋あたりへ向けてのお話ならそれでもよかろうけれども、これをおれに宛てた「オルグの報告」として読むと、ちょっとおれは扱いに困ってくるね。ああいう拒絶のしかたが労働者の世界によくある類型だとしても、それはいまある拒絶のスタイルのなかでそれほど硬質なものじゃないし、どだいおまえがそこらではじかれるはずはないじゃないか。いったいあんなことでだまされる読者をだましおうせたとして、それでどうするつもりなのかい。

おれの「食堂」からボタ山が見える組合なんだが、もう閉山が眼の前に迫っているのにどうにも手がないヤケノヤンパチから、青年たちが東京まで無銭徒歩旅行をしながらこれを社会問題として訴えるということを思いついた。かれらが大はりきりで組合にこの計画をもちこむと、共産党の執行委員あたりが真顔で止めるというので、かれらはふくれっ面をしているってわけさ。おまえの上京もまさにこの種のオルグ行為であったから、かれらがまっとうに切ない気持をもてましつつ、半面ではいっちょうこの際東京見物でもしてやれと構えている、その虚実一体となった炭坑夫の根性がよく分るだろう。おまえが元オルグではなくて現役のオルグであるならば、こういうおまえの「弟たち」との対話が形象化されねばならんはずだがね。

おまえがもともと坑夫と無縁な存在だったとか、いまや縁が切れたとか、そんな風には決して思わない。おまえは作家となった唯一の、根っからの坑夫よ。ヤマから遠ざかれば遠ざかるほど、いよいよ純粋な坑夫となるよりほかはない新宿の坑夫よ。だがおまえは、風呂で「チンポを見せろ」と要求するはなったれやカメラをどろぼうする労務のなれのはてや問答無用でよそ者をなぐりたおすいっこく者と同質の坑夫であったことはついぞなかったにきまっている。その顕微鏡的なちがいのもつ重大な意味をとばしてしまって、どうしてあんなに大ざっぱなコントラストのかげにかくれてしまうのだ。そのはにかみはどこからくるのだ。

東京の坑夫と化し、戦闘的な対象領域をほとんど見えざる虚空の一点にまで収斂せざるをえなくなって久しいオルグ・ミツハルよ。おまえが自分を単に流離のプロレタリアにすぎないとか、狂熱さめやらぬ作家とかいった仮装のなかに埋没させることをおれはもうこれからは許さないぞ。七転八倒の陽動作戦から何十度かはずれた方角に、ひっそりと橋頭堡をきずこうとしてもがいているかげろうのごときおまえの営為を、もはや一切のマヌーヴァぬきで投げだし、投げだすことによって雲のごとく湧き、またほろびるオルグの思想に一瞬の定着を与えて見せねばならぬときがきた。

それはこれまでのどんな知性主義よりも本質的な意味ではるかにすぐれて知的な文学とならざるを得ないばかりでなく、ほろびにほろんでは築かれていく日本プロレタリアの自己形成の道の、先頭に立ちながらその裏街道を同時に追跡していくという、奇怪な認識法の凸凹レンズの組み合わせを志すことなのだ。

「今次のおれたちのたたかいは完全に敗北した。まさに敗北の一語につきるしかない完全敗北であった。……指導部はどうした！　戦闘的幹部はどうした！　全山に不信の声がみなぎったということだけで、それはまさに敗北以外の何物でもない。もし今次のたたかいにあやふやな成果を数えあげる者があるならば、それはまったく土性骨からくされ切っていることの証明でしかない。……田中は強引だった。それは骨のずいまでおれたちにたたかう気分をつくりだした。だがおれたちの戦闘性がそれだけの反射的なものでしかないならば、これからの難チョウ場をのりこえて進むことはできない。……最も大切なことを忘れてはならない。それは杉原、大山両君の責任である。幹部の座にあり、重大な責任と不屈の戦闘性を背負って参加すべき両君の果した責任は徹底的に追求され、きびしい自己批判が要求されなければならない。いかに合理化された弁明も、ゴマカシもたたかいの完全敗北はうけつけない。舌先三寸では語れない深刻な敗北の責任なのだ。行動隊は両君に痛烈な批判を集中した。そして両君もまた熱涙をもってこれに答え、今後のたたかいの血みどろな先頭に立つことを誓約した。……だがそれゆえにこそ全組合員諸君！　やり直しのきかない最後のたたかいは迫っている。待っているのは「千人（あるいはそれ以下の）体制」だ。それは資本の法則にもとづく必然の道筋だ。資本主義のあるかぎり、だれ一人それをまぬかれることはできない、ぬきさしならぬ労働者の運命だ。〝めでたし、めでたし〟に終る可能性はまったくない。気の弱いお人好しは馬鹿を見て、ふてぶてしく闘う者だけがかろうじて生き残る労働者のきびしい世界があるばかりだ。

……この根性、ふてぶてしい土性骨こそおれたちの唯一のかけがえのない財産であり、闘いこそおれたちのマネービルなのだ。逃げる者は逃げるがよい。おれたちはふみとどまる。崩れる者は崩れるがよい。おれたちは立ちつくす。ほろびる者はほろびるがよい。おれたちは闘う労働者として生き残る。すべての条件はここで決まるのだ。……もはや愛嬌をふりまいておればすむときではない。決戦のときいたる。いまこそ最強の体制、最後の指導部が作られねばならない。……長期柔軟ではなく、ガンコに粘る闘いを！　上からの統一ではなく、下からのつきあげを！　議会の赤ジュウタンをあてにした政策変更ではなく、実力闘争による資本の後退を！　遠賀川の水を逆さまに流れさせてもやろうではないか」

これは六月七日、例の「ゴロツキと化すトロツキスト集団」大正行動隊が組合役員改選を控えて出したアピールの抜き書きだ。オルグ・ミツハルよ。おまえはこの炭労指令を蹴っとばして独自プログラムで闘い、圧倒的な経営者をノックアウトして交代させ、不可能といわれた合理化半年後の賃上げをある程度闘いとりながらも、なおその思想的敗北を追及してやまぬかれらの激情的な言葉の裏に何を読むか。ここにはおまえの、そしておれのスタイルがあり、その弱さと暗黒面があるだけでなく、おれたちがややもすれば「文学」へそれようとするそこへ裸身をうちつけている音がおまえの耳にはきこえるはずだ。

ミツハルよ。急所を陰蔽した習作に時をまぎらすほどおまえの孤立は安いものじゃないぞ。「細胞会議でモクを拾って吸うのはよせ。乞食から指導されているみたいでこっちがみじめになる」とか「飯をすすめられたらいさぎよく食え。でなきゃこちらが咽喉を通らねえ」とかのブルジョア倫理の前に胸をたたかんばかりにして自分だけにしか分らない自己批判を折り畳んでいたあのころの透明な飢餓感から、おまえはあまり性急にぬけだそうともがきすぎる。そこがおまえのプロレタリア的要素でもあるが、しかしもうおまえは市場調査にも熟練した九州プロレタリアの東京出張所員なのだから、組織する者とされる者の飢餓の形而上性を精密にバランスシートにのせてもらうことがかんじんだ。「飢える故郷」本店からの訓令もしだいに気むづかしくなってくるものと観念してくれ。

（一九六一年六月二〇日「一橋新聞」）

大島渚――『日本の夜と霧』

くに子「やっぱりいけなかったのかねえ、鳩を売ったりなんかしちゃ」
正夫「違うよ、母ちゃん、いけなかないよ、だってそうしなきゃしかたがなかったんじゃないか」
くに子「でもそのために、悪い子だと思われて（啜り泣く）」
正夫「そりゃ、僕だってくやしいよ」
くに子「正夫！」
くに子は正夫にすがるようにして号泣する
正夫「（きっぱりと）母ちゃん、鳩売ろう、また」――愛と希望の街

これはどこから見てもまごうかたなき松竹大船のホームドラマだ。せいぜい点を甘くすれば、最後の「鳩を売ろう、また」という悪の宣言が違うといえないこともないが、しかし現実にはこ

うした母と子がこのような状況に置かれたときには、悪態をついていがみあうのが定石であろう。いかに正夫がきっぱりと悪行の反覆を宣言しようとも「やめとけ、この餓鬼、またドジを踏むにきまってら」といった類いの冷水を浴びせられるのがふつうであって、そこに貧民の同族意識がすっぽりはいりこむはずなのに、このおふくろがうんともすんともいわないのは、どんな理由があるのか。

あまりリアルにつきすぎた疑問かもしれないが、大島渚のシナリオ集を一読するとき、この種の当惑はいたるところでわいてくる。

『太陽の墓場』の女主人公花子と武が発狂した女学生を崖からつきおとして逃げてきた「鉄骨のある空地」の場面でも、

武「あんたとも愈々お別れや」

花子「何で別れなならんね」

武「あんたと会うとロクなことないような気がするんや」

花子「何でな」

といったぐあいに綿々たる会話がつづくのだが、どんな浮浪者でも人間一匹殺したとなれば、こんな悠長な会話をしないであろうことはすこしでも愚連隊まがいの人物とつきあってみるならあまりにも明白である。

ここは人気がない。

二人、草むらの中に寝転ぶ。
激しい息。
花子、武に激しいキッス……花子、パッとマッチをすって煙草を吸う。
武、じっと花子をみつめ、花子の煙草をとり、一口吸って返す。

となっているところからキッスを削ってしまい、武の煙草を花子がとるように交代させれば一言の会話もなくてよいのではあるまいか。すぐあとには安ホテルのベッド・シーンが待っているのだから。貧民はこのような瞬間にはあまりしゃべらないものである。

こんな箇所をほじくって何になるといわれるかもしれないが、私にはどうもこんなところに作者のステイタスのしっぽがあまりにも気軽にのぞいているように思われる。大島渚という人物をいつかブラウン管を通して見たことがあるが、そのときも同じ思いにとらえられた。

その番組では、彼はこどもの雑誌に滔々と進出している戦記物にたいする告発者として登場してきた。彼は弁護側である御手洗辰雄だの源田空将だのとわたりあっていたが、その論告は戦記物の流行がこどもたちの想像力を都市小市民の柵内で貧寒と枯れさせている現状と見合っていることに注意をむけず、あたかもそれが邪悪なエネルギーの底しれぬ源泉であるかのように非難しているのを見て、やはり彼も良識派にすぎないのかと思った。

こどもたちは戦記物への耽溺を「恰好いい」「うん、すごく恰好いい」という風に説明していた。それは戦時中にもまんえんしていた美学的な戦争観をさらに単純化した唯美主義であり、弁護人たちはすこぶるいじけた傲慢さでその唯美主義の上に「愛国心」をのっけようとしていたから、彼はこの美学がいかにかぼそいエネルギーしかもっていないかをまず攻撃すべきであった。

事実、男の子は「自分が戦争へいくのはいやだ」といい、女の子は「こわい」といって、どちらも戦争への国家意志が十重二十重に個人を包囲するまさにそのときに問われなければならない加担の責任というような課題とはまったく無縁なところで、弱々しい好尚をのべているのだった。それはちょうど少年が鳩を売ることに賛成しているのか、阻止しようとしているのか、勝手にしろといっているのかはっきりしない母親のように――人を殺しておきながらケロリと忘れることを生のたくましさと思い違えている貧民窟の花子のように――戦争の場の外で、戦争に反応しているのだった。

これは決してプロレタリア下層や極貧の農漁民の構えとはつながらない、中間層の思想である。このあやふやな情念のマチエールが帰属の明確さを求めて上向し、「統一と団結」運動をくりかえしていくとき、すなわち最下層の存在を抽象化し結晶化して得られた範型との脈絡を倒錯して展開するとき、うまれてくるのが軍事的反動思想なのだ。

しかるに大島は、『愛と希望の街』や『太陽の墓場』や部分的には『青春残酷物語』などいわゆる「底辺」を指向する一連の作品のなかで、ひたすら下降への意志にひたされながら、なお彼に強く残されている中間層の美学のために、するどく疎外されている存在を一個の思想的抽象へ追いつめていくことができない。そのことが少年の戦争美学に対置される彼の心情に倫理の看板をあげさせてしまう。美意識をたたくに倫理をもってするのは、およそ問題のすれちがいでしかない。

現実の戦場の美学は、少年たちが戦争へ接近していく際の「恰好のいい」調和の美学を悶絶させるという意味で、客観主義的にとらえるならプロレタリアの手による動乱の美学にはるかに近いのだ。完璧な強制か主体的選択かの差があるとはいえ、そのゆえに「戦争を内乱へ」というスローガンに美意識の強烈な転化の契機を読むことのできない者は、およそ組織者としての感覚に白痴であるというよりほかはない。この逆転を語ることなくして、どうして御手洗や源田の前でこどもたちを獲得することができようか。

いや、獲得などと考えるからせっかくのひねりが元にもどるのであって「反戦」への加担とはつまり、「戦争」への加担の拒絶だけでなく「反戦」でもなければ「戦争」そのものでもないものへの拒絶をふくむということである。そのような拒絶の眼でとらえられた加担という見地に立つとき「日本の夜と霧」や「深海魚群」など一連の反体制運動ものにみられる加担のあいまいさは、大島にとって今後大きな意味を帯びて彼をおびやかす課題であるように思われる。

たとえば「深海魚群」のなかで火えん瓶闘争への批判が、検束されていくデモ隊を支援するために一人で飛びだしていく国鉄労働者松永と、それを停めようとする片倉との対比という形で描かれる。また「日本の夜と霧」では、逮捕されていく全学連の太田と、彼への救援行動を制止する共産党員の中山、その間にはさまって「不味い沈黙の中に、或る者は中山に背を向け、或者は下を向いたまま立ちつくす一同」という対比でとらえられる。一方では無謀な闘争の渦にまきこまれるオッチョコチョイが、他方では党の名において自己を防衛することしか知らないエゴイストが、まったく逆のヴェクトルで批判されている。

おそらく変革運動の実践上のむつかしさというものはこの一点に凝縮されてしまうといってよいほどの問題であるが、私はやはりそこに戦場の論理を媒介にしたプロレタリアの論理があらかじめきたえられた形でなければならないと思う。当然に激突を予想される行動の前に、組織的な計画をもたないというのがすでに無茶な話ではあるが、現在にいたってもなおわが変革運動はひたすら個人の自覚とやらに頼るだけであって、いぜんとしてオッチョコチョイとエゴイストの間を運動それ自身の論理としては右往左往しているにすぎない。こういう時期に、つまり組織のプランがすでに激突を回避するという前提の上にしか立てられていないときには、われわれはいかにあるべきか。その無方針の瞬間に、たとえ思想に運動方法上のちがいがどうあろうとも、それが方法上のちがいにとどまるかぎりは、眼の前で権力から引ったくられていく人間を黙って見すごすごとは許されない。そのためにどんな損害を当方が受けたとしても、こういう損害は最初の一歩から事を築き直すという不断の構えによってかならず飛躍的な果実をうみだすはずである。もし松永がみずからオッチョコチョイであることを認識した上でとびだしたとすれば、果して片倉は片倉でありえようか。

いま「背を向け」あるいは「下を向いたまま立ちつくす」人間があまりに多いことに私はうん

ざりしている。最下層のパターンという鏡に照らしてそうするのならともかく、中間層のパターンにしたがって「立ちつく」されたのではプロレタリア下層の課題がすべて消しとんでしまうばかりでなく、即自的存在を対自化していく抽象作業が風俗へ傾斜するという意味で、思想運動をも停止させてしまう。そのとき残るのは平均値的多数の大量観察だけにもとづく俗流社会学でしかない。

大島渚の道が今後どちらへ傾斜していくか。それは私にもわからないが、あの労組の専門部長と大学サッカー・チームのマネージャーのイメージをはりあわせたような彼の風貌がもっと収斂していって、戦前にはあまりなかったが戦後にはざらにある進歩的一類型の位置をずっしりした重量感をともなって確定する日のくることを希望したい。

（一九六一年五月二〇日「東大駒場新聞」）

解題

坂口博

手紙文の名手だった谷川雁は、また追悼にもすぐれた文章を遺している。

なかでも、一九九二年五月三〇日に亡くなった井上光晴の告別式で、谷川雁本人が読み上げた「弔辞」（日本経済評論社版『谷川雁セレクション』Ⅱ「原点の幻視者」所収）は、映像も残されていて、あわせて一読、一見にあたいするものである。敗戦直後の共産党活動家時代からの長い交友をふまえ、「ミツハル、いってしまったか。「いく」という表現はかぎりなくおれをいら立たせる」ではじめ、「おぬしが「あばよ」と言えば、すかさずおれが「さらば」と答えるべき汐どきがきているということだ。では酔い心地のままで言おう。さらば、ミツハル」と結んだ。なかでも圧巻は、「雲」となった親友へ、「ミツハル、おぬしののこした文字についてはプロレタリアのプの字もわからぬ連中がなにか言うだろう。あれこれの値札をつけるだろう」と語りかける場面である。筑豊の炭鉱労働者たちと真剣にわたりあった雁だからこそ、言えた科白だった。

この第四評論集は、「弔辞集」としても読める。

筑豊炭田と「サークル村」、そして現代詩

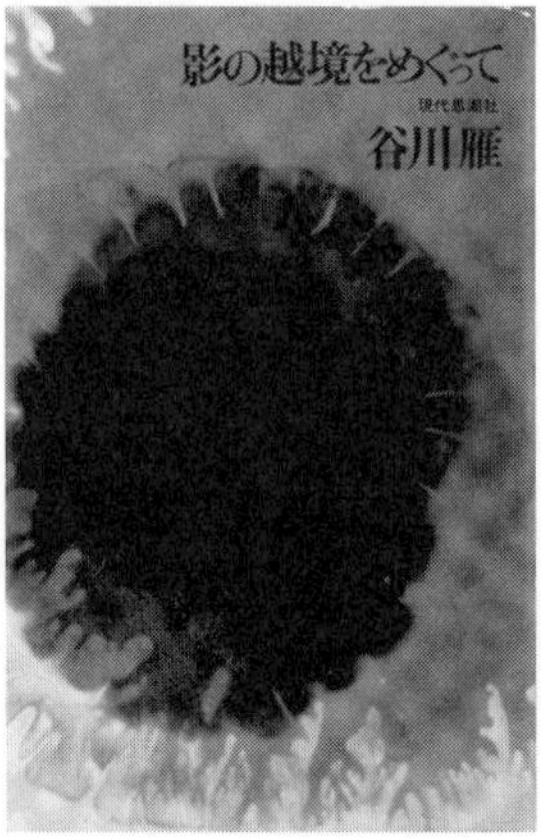

明確に「弔辞」としたのは「筑豊炭田への弔辞」である。ただし、注意したいのは、「筑豊炭田」＝炭鉱への弔辞であって、炭鉱労働者へのものではないことだ。三井・三菱・住友・古河といった大財閥系から、筑豊御三家といわれた麻生・貝島・安川（明治鉱業）などの地場大手、さらには大正鉱業の伊藤、豊州炭鉱の上田など、中小炭鉱をふくめて軒並みに経営が悪化していくなか、谷川雁は、筑豊、ひいては日本の炭鉱がなくなることを予見したのだ。いや、ここでも言葉が先行している。労働者の犠牲の上に成り立つような産業は、資本主義の下でも存続すべきでない、そうした企業は潰すべきと考えた、あらかじめの「弔辞」である。

じっさい、谷川雁が深くかかわった大正鉱業の閉山は一九六五年七月、隣町の日本炭礦高松の閉山は一九七一年四月、さらに筑豊地区ではないが、同じ福岡県内、大牟田市と熊本県荒尾市にまたがる日本最大の炭鉱、三井三池の閉山は一九九七年三月のことである。政府主導の「スクラップ・アンド・ビルド」政策によって、中小炭鉱を整理して、大手の石炭資本は生き残りを模索している。そうしたなかで、明らかに「閉山」、企業解体を目的とした労働運動を進めていたのだった。のちに「退職者同盟」という、企業からの解雇（人員整理）を逆手にとって、自主的に

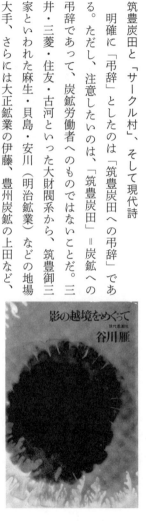

退職した炭鉱労働者の組合を組織するという、空前絶後の労働運動を実現できた。炭鉱労働者を救済する対象の「失業者」ではなく、積極的な「退職者」と位置づけ、炭鉱資本だけでなく、背後の金融資本、さらに日本銀行までも攻撃対象としていった。「越境された労働運動」のゆえんである。なお、初出では「戦後労働運動」だったが、初刊では「戦後」は省かれる。もっともな省略であろう。

　文化サークルを拠点とした「サークル村」運動への「弔辞」が、「「サークル村」始末記」である。「思想の科学」系の研究会「ユートピアの会」が編集した特集「ユートピアをさがそう」の一本として依頼された文章だが、かなり韜晦した表現となっている。ほかには、山岸会・イスラエルのキブツ・有島農場などが取り上げられる。「ユートピズムの衣をまとって北九州で活動したサークル雑誌編集者が、悪戦苦闘の末、精神病院に姿を消すまで」と、初出誌面では紹介されるが、そうしたまとめ方はふさわしくない。「サークル村」をユートピア思想の範疇でとらえることに、雁は冒頭で異議を唱えている。なお、もじって典拠とした「動物村」は、おそらくジョージ・オーウェルの小説「動物農場」のことであろう。最初の日本語訳は永島啓輔訳『アニマル・ファーム』（大阪教育図書、一九四九年五月）である。

　南九州と北九州、農民と工場労働者、炭鉱労働者と製鉄労働者、あらゆる対立をぶつけることで、停滞した文化運動を活性化させようとした「サークル村」運動の意図は、ある程度は成功した。東京（中央的なもの）と地方を衝突させ、火花を散らす企画は、もう一つ広がることがなかった。天下をとるための、燎原への点火がうまくいっていない。もちろん、雁はその責任を転嫁することなく、自嘲的な諧謔のなかに隠れていく（この箇所は、「不可視の党のために」における、「職革」「食客」「触角」へ敬意を表した）。

「サークル村」の正統派は今日どこで虫の息をしているのだろうか、という話がときどき出る。常識家は、それは「大正行動隊」に変異しつつ遺伝したと答えるようであるけれども、私にはかならずしもそうは思えない。「大正行動隊」は、「サークル村」が自分の追われていく彼方にあった哲学と美学を原理的に承認すべきかどうかに動揺し、潰乱しつつあったときに、口笛でも吹くような気軽さでそれを肯定し、動きだしたのだった。（中略）

むしろ「サークル村」の本領をなおも固執して変らないのは、最南端の鹿児島の離島や辺地に周囲の住民を呪いながら核のようなもの、原形質のようなものを探しもとめている一群だという説もある。

谷川雁は、そのように見る。そして「二人の事務局員の顔」を思い浮かべる。「最初の事務局員であったT」とは友成一のこと。二代目の「久留米から呼ばれた学生あがりのH」は、久留米の詩誌「母音」同人で、九州大学久留米分校の学生だった平野滋夫。友成は地元の共産党活動家として「サークル村」へかかわってきたが、平野は「母音」時代から谷川雁に私淑していた。

「悲観的ユートピズムは、二人の事務局員の発狂と失踪によって、思わざる「超」リアリズムへ転位せしめられた」と、「始末」する。ただし、それはいわゆる第一期、活版時代の「サークル村」の時期に限られる。その後、第二期「サークル村」を担い、三代目の専従事務局員を務めた加藤重一には触れることがない。謄写版（ガリ版）刷りで再出発した雑誌の、その全冊のガリを切ったのは加藤で、復刊号（一九六〇年九月）には、「求職！　加藤重一（二四歳）独身・有能」の広告も見える。加藤は、のちには福岡市で九州大学職員組合の書記に就職し、組合運動のなかで伴侶も得て、幸せな家庭を築く。書記のあとは、土木建設の現場労働者として生き抜いた。しかし、晩年は妻と別居・離別して、単身で中間市の同盟村近くに住み、第三期「サークル村」の刊行や、新旧世代の交流に邁進した。「「サークル村」始末記」のことは、あらためて最後で触れよう。

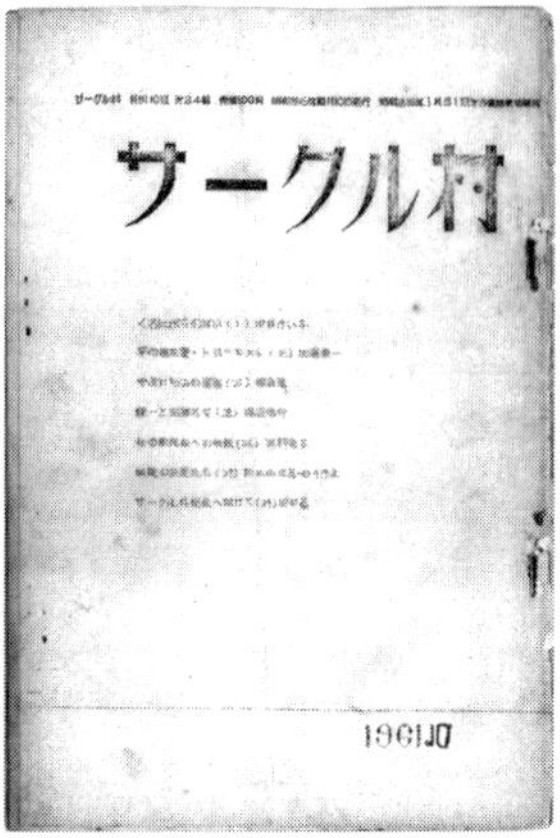

ちなみに、初刊以降の標題は「サークル村始末記」とされるが、本書では初出の表記に戻した。それは、初刊の目次や柱は正しく「「サークル村」始末記」とされていたのに、肝心な本文標題の方が、かぎ括弧をはずしてしまった誤植と推認されるからだ。逆に、本文は正しかった「断言肯定命題」は、初刊目次の誤植「断言的肯定命題」が、その後流布するという、何ともちぐはぐな経緯となっている。

さて、その「断言肯定命題」は、一九六〇年一月の詩人廃業宣言を理論的に裏付けた、日本の現代詩への「弔辞」となっている。また、「原点が存在する」の「詩とは留保なしのイエスか、しからずんば痛烈なノウでなければならぬ」という断言を、詳述したものである。

> 一篇の詩はついにかならず「できる！」と断言するか、「できない！」と断言するかによって終る——と断言することができる。なぜなら、詩は断言からはじまるからである。断言によってはじまったものは断言にたどりつかなければ終ることができない。すなわち詩の出発点はうたがいもなく一つの偏見、思想一般のある色彩への説明なき加担であり、その終点もまたこの偏見の理由を説明することなくして加担の意味を説得しつつ、さらにつけ加えられたより大きな断言にほかならない。詩に本質的なアクチュアリティがあるとすれば、かかる加担の宿命的な必然性という以外のものではない。

という前提から、次のように展開する。

> 詩は論理的に回答不能の命題に向って断言することにより、弁証法的にみずからの新たな論理を形成する。（中略）詩の論理によれば明白であるが、政治の論理によればなおさだかならぬ、この最後のそして最大の課題が発見されないとき、詩は一箇の形而上学へ退化する。

とした上で、「私はいま、すくなくとも日本の詩は完全に破滅したと考えている」と断言する。「詩とは無言に否定的にひろがっていく世界への断言的肯定以外の何であろうか」と見做し、「否定的命題しかはらんでいない詩は、いわば散文の代用物でしかない」と、喝破する。今日でも通用する詩論だ。破滅した詩などにかかわる「詩人でなくなった」ことで、永遠に詩人として記憶される逆説を、谷川雁は生きている。

大正闘争について

先に、「弔辞」は、炭鉱労働者に対するものではないと指摘した。

それは、なによりも、大正鉱業における労働争議は進行中の事柄であり、生活を賭け、いや生命を賭けた闘いが続いていたからだ。しかし、谷川雁は身近なところで、すでに「死者」を抱えていた。彼らへの「弔辞」はないのだろうか。

『戦闘への招待』解題でも触れたが、谷川雁・森崎和江とその家族、周辺にとって、一九六〇年はまだしも平穏な日々であった。翌年五月から、状況は一変する。細かい経緯を省き、年表にしておく。

一九六〇年

三月　『谷川雁詩集』刊行
五月　「サークル村」第一期休刊
八月　上野英信『追われゆく坑夫たち』刊行
九月　「サークル村」第二期復刊
一〇月一日　大正炭鉱危機突破隊結成
一二月三日　大正行動隊を名乗る

一九六一年

四月　谷川雁『戦闘への招待』刊行
五月一二日　山崎里枝事件
六月　森崎和江『まっくら』刊行
六月一五日　谷川雁襲撃事件
七月　「無名通信」休刊
九月　「試行」創刊
一〇月　「サークル村」第二期終刊
一〇月　上野英信『日本陥没期』刊行
一一月一日　北九州労働者「手をにぎる家」建設案（期成会）
一二月一一日　山崎里枝殺害の容疑者として杉原信雄逮捕

一二月二五日　里枝の兄・山崎一男の鉄道事故死

一九六二年

六月二二日　大正鉱業退職者同盟結成大会

九月一五日　自立学校発足

一九六一年六月の襲撃事件については、「骨折前後」に本人が詳述している。確かに、一五日は旧暦の五月三日、三日月の夜だ。

「T鉱〔大正鉱業〕の無期ストはもう一月つづいていた。最近坑内に怪火を起こしたQ鉱〔九州採炭〕の閉山が明日、いや今日提案されるという情報があった。春に大災害を起こしたO鉱〔大辻炭礦〕では大幅賃下げが出ていた」と、居住していた中間市の各炭鉱の現況をふまえた上で、「しかも一月前に隊員Y〔山崎一男〕の妹が納屋で暴行絞殺され、警察は〔大正行動隊〕隊員の主力に向けて指紋採取その他の圧力をかけ、たくみに世論を誘導していたし、昨年夏のとるに足らぬできごとを口実に隊員K〔木下〕をパクり、家宅捜索し、陰毛まで調べていた」と記すだけで、山崎里枝事件の詳細は語らない。もちろん、「骨折前後」発表の八月時点で、未だ事件は解決していず、微妙な問題だけに触れることができなかった。

しかし、谷川雁の死後、彼への追悼文「反語の中へ」(「現代詩手帖」一九九五年三月、月曜社版『闘いとエロス』収録)のなかで、森崎和江は「私は、私たちの身近かで起ったレイプ殺人事件が、私の性の千年を現象したかのように、衝撃を受けていました」と、三十年以上を隔てても、身心ともに傷ついていることを証言した。「雁さんは、私があの事件以来、性交障害を起こしていることを知っていて、そして、知らなかった。私には、あなたのてのひらが、手当という言葉さながら、一晩中、背を撫でさすってくれたぬくもりが痛みとなって残っています。やっと、生きられたと思っています」と。

この事件がなければ、あるいは二人の関係は続いたかもしれない。しかし、それは、その後のふたりの文学活動が、まったく異なったことを意味する。わたしたちは、その後の谷川雁にも、森崎和江にも恩恵をこうむっている。したがって、このような仮定は、文学的には無意味であろう。何と現実は酷薄な、とため息が出る。

一九六二年三月の時点で、「おそらく私はクレイジィでもあろう。発狂者、失踪者、負傷者、殺人者、轢死者といった私の半面を範型とする犠牲の諸相をうみだしたこの二十ヶ月間、完全孤立の小さな闘いを坑夫たちとともにくぐりぬけてきた顔がそれほど陽気にみえるはずはない」(「中野重治」)とも記している。一九六〇年夏、三井三池の敗北からの、それを引き継ぎ、越えていく闘いであった。ここにも影に隠された弔意を見ることができよう。死者たちへ服喪中とも見える。ただし、さすがに山崎里枝を「私の半面を範型とする犠牲」者のひとりに加えることはできなかった。それは、森崎和江が一身に背負うこととなった。

ところで、「北九州労働者「手をにぎる家」建設期成会」のビラ(この共同署名者は、谷川雁と杉原茂雄、井上光晴の三名である。代表は、当時の大正行動隊隊長で、大正鉱業労働組合副委員長の杉原茂雄。「殺人者」杉原信雄の実兄だ）には、『まっくら』とともに、谷川雁著『大正行動隊（仮題）』の刊行広告が掲載されている。現代思潮社からは、再刊をふくめて五冊目の評論集になるはずだった。この刊行が断念された事由を明らかにすることはできない。軽々しい推測も慎みたいが、やはりその後の出来事・事件を無視はできないだろう。なお、遥かのちに、この時期の大正闘争関連の文章もふくんだ『無《プラズマ》の造型――60年代論草補遺』（潮出版社、一九八四年一〇月）が出版されているが、往時の緊張感を伝えるには、いまだしの感が強い。

　こうした事情から、本書には大正闘争関連の具体的な文章が省かれていること、そのことは留意していただきたい。谷川雁が、闘争に関して最後に発言した記録は、一九六四年一月の「九州報告――闘いの総括」に見ることができる。なお、大正闘争の詳細な経緯は、河野靖好の半自叙伝『大正炭坑戦記――革命に魅せられた魂たち』（花書院、二〇一八年五月）を、ぜひとも参考にしていただきたいし、拙稿「『闘いとエロス』を読み解くために」（「脈」91号、二〇一六年一一月）も参照していただけるなら幸いである。

　蛇足として、ここで説明を加えておきたいのは、「骨折前後」の次の箇所である。

　　有明海には片方の鋏だけやけに大きい蟹がたくさんいる。その彎きつった形をつき砕き、めったやたらにコショウをふりかけると、とびあがるようにからい奇妙な味わいがうまれる。坑夫たちが一世紀の間競いあってきたのは、かかる反自然的な生臭い鮮烈さであった……。

この蟹はシオマネキ（真がに）。片方の鋏が大きく成長するのはオスのみ。「コショウ」は唐辛子。九州地方では両者を区別せず、唐辛子もコショウと呼ぶ。そして佐賀県の有明海沿岸では、蟹を「ガニ」と濁る。干潟の蟹を砕いた伝統珍味は、「蟹漬」。「がにづけ」が正しい読み方だろうが、地元では「がんづけ」としか呼ばない。「雁」漬け。このことを、雁は知ったうえで、「反自然的な生臭い」自らと重ね合わせているのだ。ちなみに、かつてはありふれた庶民の味だった「ガンヅケ」も、近年ではほとんど見なくなった。たくさんいたシオマネキが減ったのではない。採取する人がいなくなったからだという。

「菊池野」の詩選と詩戦

本書にも、また既刊の刊行書にも一切収録されていないが、一九六〇年から熊本県菊池郡合志村（現・合志市）のハンセン病療養所・菊池恵楓園の自治会機関誌の詩の選者を務め、選評を書いていることは、見逃したくない。なお、この「文芸コンクール」は、菊池恵楓園だけでなく、全国の療養所を対象としたものである。ほかに、評論は山本健吉、創作は椎名麟三、俳句は阿波野青畝などが選にあたっていた。

これは、熊本県出身という地縁よりも、詩誌「母音」を主宰していた丸山豊から引き継いだ仕事であろう。丸山豊のご子息から伺った話では、最初の訪問には、丸山豊も同行したという。自然科学的認識に生きる医者であった丸山豊には自明の事柄も、マルクスに依拠した社会科学的認識の谷川雁には、受け入れ難い面もあったようだ。菊池恵楓園には「母音」同人の西羽四郎(一九二一〜?)や吉村陽三がいて、西羽は「菊池野」の編集に従事していた。彼らのなかから、鹿屋市の星塚敬愛園にいた、つきだまさしは「サークル村」にも参加していく。つきだまさし(一九二三〜二〇〇八)には詩集『川のない貌』(内田博、一九七五年三月)があり、標題作は「サークル村」に発表されたものである。西羽四郎・吉村陽三は、大江満雄編『日本ライ・ニューエイジ詩集 いのちの芽』(三一書房、一九五三年四月)にも参加している。

私の偏見について語ろう。たとえば私は「癩」という言葉が好きである。(中略)もちろんそれは癩の事実そのものからではなく、事実が象徴と意味と記号をかねそなえた言葉として析出される瞬間の反応からうまれるものである。つまり社会的偏見はある意味で一個の常識にすぎないので、自己の偏見をすべての常識と対置させてゆくならば、それは当然に詩的認識をうみだす。簡単な理窟である。

ところが、「癩」という発音や字面のよびおこす反応をまったく無視して、「ハンセン氏病とよびましょう」と唱えるような運動は社会的偏見すなわち固定した常識との戦いを一つの言葉に対する感覚の戦いとして推進できない弱さをみずから承認するのにひとしい。「癩」について百人中九十九人が感じる恐怖や忌避の心を、言葉をすりかえることではなく、まさにその言葉そのものによってくつがえすことこそ、「癩」に対する詩の戦いである。

（「選後感」＝「菊池野」75号、一九六〇年三月）

最初に、このように「宣言」した選者だ。しかしながら、菊池恵楓園の住民たちは忌避することなく受け入れ、雁も東京へ出るまで、この仕事を続けている。これも忘れたくない。また雁は、『原点が存在する』解題で紹介した論争にも触れていた。「先日も私が「特殊部落」という言葉を使うといって非難し、「未解放部落」を用いろと強調した人々がいるが、そういう人間は言葉がむごたらしいまでに冷い場所を通らないかぎり、決して息をしないのだという真理を毛筋ほどにも理解していない」と厳しい。

本書のなかにも、今日では差別的表現として忌避される用語を随所に見るが、前記の「癩」に関する視線を見れば、あれこれ弁護するのは僭越であろう。谷川雁にとって、「詩選」は、また「詩戦」であった。当然、本書でも初出・初刊の表記を採用している。

さまざまな「越境」

「インターナショナルの根」は、ドイツ語のVolkとNationを手掛かりにした、谷川雁にしては珍しく「論文」らしい展開となっている。「民族」と「国民」と訳しても、微妙にニュアンスがずれていくために、やむを得ない。ほかにも本書には、「サークル学校」（『戦闘への招待』）の発展形である「自立学校」、新しい労働形態として「退職主義」の提唱など、さまざまな越境が語られている。

そうしたなかでも、「自立組織の構成法」（『戦闘への招待』）を、さらに深化させた「民主集中制の対極」は、もはや谷川雁に遡行しなくとも、一九七〇年前後の全共闘運動のなかで、「常識」となったと言えよう。「自立組織」の原則は次の三つである。

㈠　あくまで労組の統制から自立した組織であること。

㈡　労組の決定した行動は、それが下部労働者の基本的権利——集会、言論、結社などの自由——を侵害しないかぎり、積極的に公然とその先頭に立つこと。

㈢　しかしながら、それによって労組機関の方針にたいする批判をいささかも制限することなく、徹底的なイデオロギー闘争をするとともに、それを支える独自の行動をすること。

「多数決原理」を基本とする「民主集中制」を越えた「集団原理」は、次のようにまとめられた。

成員の所属は登録制ではない。みずからが全力をこめてその組織に属すると自覚し、または自称するときの自己認識だけがそれを規定する。面白いことを、まさにそれのみをやらなければならない。反対であるのにしぶしぶ実行することは許されない。そのときは実行しないことが彼の義務である。一定以上の人間が集まらねば会議を流すということは許されない。集まった者はすべての問題を決定することができる。批判は時と場所を選ばず自由。批判の手続きなんてものは認めない。決定的な集団行動の瞬間には、拒否権に代表者を設定すること。

ここで、決定的に戦後民主主義を越境していったのだった。労働組合（労組）を全学連に、自立組織を全学共闘会議（全共闘）に置き換えてみれば、一目瞭然であろう。「連帯を求めて孤立を恐れず」などという言葉よりも、こちらの方が影響は大きい。そして、今日でもこの「集団原理」は活きている。わたしなど、かかわる集団・組織において、この原理を貫くようにしてきた。

わたしの「サークル村」始末記

病院の玄関で、彼は――小日向哲也、沖田活美、石牟礼道子……と大声に「サークル村」会員の名を呼んではいっていった。彼とともに、その動かすべからざる「実感主義」とともに、「サークル村」はいまここへはいっていくのだと考えて、私はしばらくひっそり立っていた。

わたしは、谷川雁のこの佇立から、出発せざるをえなかった。「サークル村」（正確には第二期）の終焉からはじめざるをえなかった。簡単な経緯は、「「サークル村」に関する私的回想と研究の現状」（宇野田尚哉ほか共編『「サークルの時代」を読む』影書房、二〇一六年一二月に収録）にまとめたので繰り返さない。

第一期・第二期「サークル村」にかかわった人々で、健在なのは杉原茂雄・古川実だけか。森崎和江も療養生活が長い（惜しくも、二〇二二年六月一五日に九十五歳で長逝された）。「工作者の論理」（『工作者宣言』所収）で、北九州重工業地帯（黒崎地区）から「数里離れた炭鉱と農家がいりまじった村」で、四人の学習サークルを維持した工場労働者として紹介されたのは、若き日の村田久（一九三五〜二〇一二）だ。遠賀郡香月町で「だるま」サークルを組織していた。遺稿集『響きあう運動づくりを』（海鳥社、二〇一四年八月）もまとまっている。

福森隆（一九三〇〜二〇〇五）も、上田博（画家名うえだ・ひろし、一九三三〜二〇一一）も、加藤重一（一九三六〜二〇一四）も、阪田勝（一九三三〜二〇一八）も、大野隆司（一九三三〜二〇一八）も、次々と幽明境を越えていった。石牟礼道子（一九二七〜二〇一八）もその一人だ。

そして、「彼」友成一（一九二四〜？）は、晩年は病気も寛解して、遠賀郡水巻町の元炭住跡の町営住宅で、質素ではあっても、円満な夫婦の暮らしと見えた。二〇〇六年の「サークル村」復刻にあたっての許諾はがきに、ただ一人「否」の返事が出版社に届き、あわてて福岡市にいた加藤とともに訪ねたことがある。旧作の掲載に、「恥ずかしかですもん」という理由だったが、丁寧に復刻の意義を説明していくなか、「森崎さんもご承知ですか」と、時折、電話での交流があることを話したあと、「諾」のサインを貰ったのだった。おかげで、一ページの「空白」も出さずに復刻版を刊行することができた。感謝に堪えない。その後、連絡が途絶えた。

二〇〇一年七月に再会することができた沖田活美（一九二五〜?）とは、その後も数度、加藤・村田とともに福岡市西区の市営住宅を訪ねたことがある。夫婦ふたり暮らしだった。谷川雁から教わったこととして「自立」を強調されていたことが印象深い。また、上野英信『親と子の夜』初版、『谷川雁詩集』初版などとともに、千田梅二『炭坑仕事唄板画巻』初版（手擦、ガリ版）をいただいた。今回の装丁に生かすことができて嬉しい。彼とも、二〇一〇年には手紙が戻ってくるようになり、消息が絶えた。

そして小日向哲也（一九三一〜二〇二二）。早くから炭坑文芸サークルに参加。妻の美代子（一九三一〜八一）とともに「サークル村」「無名通信」にかかわった。大正闘争でも中軸となって活躍してきた小日向は、本年三月六日に亡くなった。谷川雁の著作復刊を楽しみにしていただけに残念でならない。幾度となく自宅を訪ね、ふたりきりで話しあったことがある。「サークル村」以前の上野英信が働きかけた時代。谷川雁が中間に住むまでは、村田久も沖田活美も、そして小日向も、上野に心酔していたのだった。焼酎の酔いにまかせて、「あんたら、みんな英信さんを裏切って、雁に走ったんだ。そりゃ、英信にとっては面白くないよなぁ」と指摘すると、あっさり「そうだな」と肯定された。

ある夜、しみじみと往時の選択を語る。閉山が続くなか、一方の高度経済成長の日本で、退職者同盟員でも壮年者は関西・関東へ、次々と再就職していくときだ。同盟の「年寄たちを見捨てるわけにはいかなかった」と。市会議員として表に立って活動する杉原茂雄を助け、裏方に徹した生き方だった。若き日には、働きながら定時制高校を卒業、さらに早稲田大学二部進学を目標としていたのだ。都会への憧れは、誰よりもあったはずなのに、すべてを断念して中間で仲間のために生き切った。

小日向からは、谷川雁詩集『天山』や、うえだ・ひろしのボタ山の版画を譲られた。「君が持っていた方がいいから」という理由だ。

最後になったが、『原点が存在する』『工作者宣言』『戦闘への招待』『影の越境をめぐって』、この復刊四冊の解題執筆の機会を提供していただいた月曜社の神林豊さん、編集者の阿部晴政さんに、まず感謝したい。各論の末尾には初出紙誌を記載してあるが、別途に「著作リスト」を作成して、同時期のほかの論考との関連のなかで把握できるようにした。発表順に追うためにも利用しやすさを考えている。なお、詩作品を除いたのは、煩雑さを避けるためと、すでに坂口博・米谷匡史共編の「谷川雁「詩作年譜」および拾遺詩篇」(「近代文学論集」37号、二〇一一年一一月)があるからである。参照を願いたい。本書では、一九六八年までを対象としているが、実質的には、六六年一二月で、文壇ジャーナリズムへの執筆活動は休止に入った。その後、八一年に再開するまで、「神話ごっこ」の十五年と自称する時間が流れている。加えて、当初の予定にはなかった「主な校異」も付すこととなった。中央公論社版『工作者宣言』を除けば、各初刊の誤植や遺漏は、許容範囲を大きく逸脱していると言わざるをえない。「難解王」ゆえに、それらも見過ごされてきたとするならば、読者にとっても著者にとっても不幸な経緯であろう。谷川雁は、ほとんど原稿に加筆することなく、単行本収録にあたっても初出の誤植を訂正する程度で、入朱をしなかったと思われる。いや、ろくに校正も見ることなく、編集者にまかせていたようだ。『原点が存在する』解題で述べたように、ここで初めて、谷川雁の評論集は、本来の全体像を現わすことができたと断言できる。ただし、『原点が存在する』の「機関車から詩集までの小さなスリップ」と、本書の「大島渚」の二篇だけは、初出との確認・校訂ができなかった。

谷川雁研究会と筑豊・川筋読書会の「同志」、松本輝夫さんと仁衡琢磨さんには、原稿がまとまるたびに細かく見ていただいた。谷川雁にかんして錯誤が少ないとすれば、お二人のおかげである。また、初出資料に関しては、米谷匡史さん、水溜真由美さん、茶園梨加さん、神谷優子さん、大畑凜さん、伊藤和人さんにお世話をかけた。ことに、熊本県に関する資料、「新熊本文学」「菊池野」などは、すべてを米谷さんの提供資料に頼っている。ほかにも、第三期「サークル村」から筑豊・川筋読書会や、戦後文化運動合同研究会など、数多くの方々の支援なしには、復刊もかなわなかったであろう。あとは、少しでも広く、長く読まれることを期待したい。

著作リスト　1961・4－68・11

凡例

※詩作品は除いている。

※発行者の変更なき場合は記載していない。

※冒頭の数字は本評論集の収録順で、無は『無《プラズマ》の造型――60年代論草補遺』（潮出版社、一九八四年一〇月）に収録されたものである。

※評論集未収録のうち、＊印は八木俊樹編『無の造形――谷川雁未公刊論集』（私家版、一九七六年）にも未収録である。

※「大正闘争」関連の再録は、可能なかぎり拾ったが、掲載のほかにも再録した紙誌があると推測される。

1961年

15　4・30　断言肯定命題　詩学（16－5）　詩学社

＊　5　組織者としての親鸞　教化研究32　教学研究所

無　5・10　奇妙な醜悪さ　展望6　九州大学展望編集部

5・10　物神産業の独占化（上）　サークル村32（4－4）　九州サークル研究会
※通巻29

21　5・20　大島渚――『日本の夜と霧』　東大駒場新聞

無　5・25　カッコつき学生論――君たちも悪徳の四十八手をみがきたまえ　九州大学新聞461　九州大学新聞部

5・29　現代の反動と革命のイメージ（討議）　京都大学新聞１０６２　京都大学新聞社

2　6・5　インターナショナルの根　思想444　岩波書店
　※特集・ナショナルなもの―その評価をめぐって

＊　6・14　現代独占と新左翼――少数派の意味を生かせ　同志社学生新聞　同志社学生新聞局

20　6・20　井上光晴――『飢える故郷』　一橋新聞705　一橋大学新聞部
　※**初出題名**　井上光晴よ真向からオルグの本質を描け

無　6・26　よりそう組織者の姿――埴谷雄高『墓銘と影絵』　日本読書新聞１１１０　日本出版協会

19　6・30　埴谷雄高氏への手紙――『不合理ゆえに吾信ず』『不合理ゆえに吾信ず』　現代思潮社
　※**初出題名**　作者への手紙

無　7・1　反省なき日々――私の交友録　近代文学（16－7）　近代文学社

＊　7・1　墓について　三田文学（51－7）　三田文学会

無　7・1　ミイケはどこへいったか　別冊新日本文学1　新日本文学会

無　7　ここに酒あり　現代思潮社ＮＥＷＳ3　現代思潮社

7・10　「飢える故郷」本店から　※「井上光晴」再録　サークル村33（4－5）※通巻30

＊　7・10　ごあいさつ　サークル村33（4－5）※通巻30

9　8・14　骨折前後――揺れる坑夫の方向係数　日本読書新聞１１１７

無　9・20　試行のために　※起草責任者　試行1　試行同人会

10・1　塩を入れましょう　国民文化23　国民文化会議

＊　10・20　選評　菊池野94（11－7）　菊池恵楓園患者自治会

16　10・25　文学は高くつく　九州大学新聞467

11・1　一九七〇年はどうなるか　※特集・十年先はこうなる　現代詩（8－11）　飯塚書店

1　11・1　下向するシンボルを　※アンケート・維新再評価と百年祭　思想の科学35　中央公論社

11・1　北九州労働者「手をにぎる家」建設案　※共同署名　ビラ　建設期成会

11・6　北九州労働者「手をにぎる家」建設案　※再録　日本読書新聞1129

13　11・17　私の図式　※特集・モラルとパーソナリティ　外語文化5　東京外国語大学学友会

4　11・27　民主集中制の対極を――〝自立〟とはいずれ〝他立〟するための便宜的な手段ではない　日本読書新聞1132

11　12・1　遊民と賊のあいだ――筑波常治『日本人の思想』、白鳥邦夫『無名の日本人』をめぐって　※「書評」欄　思想の科学36

3　12・15　不可視の党のために――スターリン風のスターリン批判　試行2

無　12・15　戦闘の思想的土台――大正行動隊という組織

12・19 ユーポン文化論――変わっちゃいない熊本
一橋新聞714

12・25 物神と自立との闘い――熊本サークル交流会における報告
熊本日日新聞7159　熊本日日新聞社
炎の眼11（5－3）　炎の眼の会

1962年

無 1・1 百時間――大正行動隊の手記
学園評論5（2－2）　学園評論社

1・20 前線からの報告――山崎里枝殺害事件と山崎一男の死など
火点2　後方の会　※署名・大正行動隊

1・26 前線からの報告　※再録
SECT6パンフ2

無 1・30 袋は袋を破れるか
試行3

14 2・1 反「芸術運動」を　※特集・芸術的前衛のヴィジョン
記録映画（5－2）　記録映画作家協会

無 2・10 地獄のヤマでは働らかない――大正炭鉱闘争の現況
火点3　※署名・大正行動隊

2・15 サラリーマン流浪のすすめ
一橋新聞717

2・15 前線からの報告　※再録
一橋新聞717

17 3・12 中野重治――『活字以前の世界』
日本読書新聞1146
※**初出題名**〝質朴〟に赴く中野重治――わたしたちの革命裁判

18 3・26 花田清輝――『鳥獣戯話』
日本読書新聞1148

※初出題名　虚空に舞う花田清輝――そのプロペラの回転力は？

4・1　死神の目と乱視の目――九州からの報告と訴え
　批評と創造3　関西労働者芸術研究会

4・1　前線からの報告　※再録　批評と創造3

4・1　地獄のヤマでは働らかない　※再録　批評と創造3

4・18　奇妙な醜悪さ　※再録　全員連絡11　関西労働者芸術研究会

10
6・1　「サークル村」始末記　※特集・ユートピアをさがそう
　思想の科学3　思想の科学社

7・1　戦闘への招待――大正行動隊からの報告　※再録
　文学村12　山形市小白川町学寮

無
7・16〜23　大正からの報告　日本読書新聞1164〜1165

7・25　大正からの報告　※複写再録　火点5付録

7・31　「情況」と「行動」・その他　試行5
　※吉本隆明・村上一郎との討議

無
8・25　あなたのなかに建設すべき自立学校を探求しよう！――自立学校への招待
　白夜評論4（9月号）　現代思潮社

8・27　あなたのなかに建設すべき自立学校を探求しよう！　※再録　日本読書新聞1170

9・1　大正からの報告　※再録　抵抗1　抵抗の会

無
9・25　隣の皿を横眼でにらめ――柳田国男の「土着」性
　九州大学新聞482

12
10・1　サラリーマン流浪のすすめ――退職主義による就職を

10・1　退職主義ともいうべき闘いの思想——大正炭鉱からの報告
現代の眼（3－10）　現代評論社
抵抗2

5　10・15　越境された労働運動
日本読書新聞1177
※**初出題名**　越境された戦後労働運動——二つの「戦闘的第二組合」の誕生

＊　10・20　選評
菊池野105（12－6）

無　10・20　報告・大正闘争——完全に倒立させられた三池が、ここにある
火点6

6　10・31　権力止揚の回廊——自立学校をめぐって
試行6

11・1　完全に倒立せしめられた三池闘争がここにある　※一部再録
抵抗3

11・25　報告　大正闘争　※再録　大正闘争特集
白夜評論7（12月号）

無　12・10　いらだたし気な居直り——ノーマン・メーラー『僕自身のための広告』
日本読書新聞1185

＊　12・30　〔回答〕現代詩人名鑑1963
詩学（年鑑1963年版）（17－11）

1963年

1・1　戦後日本の人民像——変革のエネルギーを語る（討議）
現代の眼（4－1）

1・1　黙示録の響き（藤田省三との対談・日本の原理）　思想の科学10

無　1・7　比喩的思考の図上作戦――石田郁夫『新島――新島工作者の伝説』　日本読書新聞1188

無　3・25　もう一つの私性――いわゆる思想的流動状況をめぐって　北海道大学新聞509　北海道大学新聞会

7　4・5　地方――意識空間として　思想466

8　4・8　筑豊炭田への弔辞――〃形式の鍛冶場〃は死んだ　日本読書新聞1201

無　4・8　カマトト風な口調で――杉浦明平『田舎・炭鉱・部落』　週刊読書人470　日本書籍出版協会

無　4・22　博徒・職人・壮士……の実態――岩井弘融『病理集団の研究』　日本読書新聞1208

4　あなたのなかに建設すべき自立学校を探求しよう！　※再録　自立学校シリーズ1

無　6・17　退職主義の発火――筑豊・大正からの報告　日本読書新聞1211

6・25　政治同盟と思想同盟――情況への発言　試行8

6・25　退職主義の発火――筑豊・大正からの報告　※再録　抵抗5

6・25　〃退職主義〃の発火――筑豊・大正からの報告　※再録

＊ 6・30　巨人伝説の城のまえで――八幡製鉄　教養14　社会思想社
火点7
7　何もしないとき――「開店祝」への小さな玩具
日本発見1　日本発見の会
7・25　現代思潮社版　あとがき　『原点が存在する』　現代思潮社
8・25　現代思潮社版　あとがき　『工作者宣言』　現代思潮社
9　影の越境――聖ロボットとの対話　あんかるわ5　あんかるわぐるーぷ
＊ 9・1　鉱害模様（筑豊に生きる1）　市政134（12―9）　全国市長会
無 9・2　大正からの報告　日本読書新聞1222
＊ 9・12　解説――名言と永遠の言葉　『世界教養全集』別巻4　平凡社
無 10・1　無の造形――私の差別『原論』　思想の科学19
＊ 10・1　川筋けんか仕法（筑豊に生きる2）　市政135（12―10）
＊ 10・20　選評　詩的出生をあきらかに　菊池野117（13―7）
＊ 11・1　若者以前（筑豊に生きる3）　市政136（12―11）
11・1　労働者の中の「指導」――十六歳の労働者への手紙
※〈大衆と指導者〉その一　現代の眼（4―11）
無 11　サラリーマン・苦悩の商品　世代'63（1―8）　学習研究社
＊ 11・10　選後評――九大新聞500号記念論文　九州大学新聞500
＊ 11・12　五島玉之浦の聖夜――ローマにいちばん近いクリスマス
太陽6（12月号）　平凡社
12・10　私のなかの〝死〟――三池の死者は我々のなかに孕まれていた

九州大学新聞501

1964年

＊ 1・1 釜一つ、鍋一つ（筑豊に生きる4） 市政138（13－1）

1・1 うら目おもて目対話篇 ※鶴見俊輔との対談 日本読書新聞1239

1・10 九州報告——闘いの総括 総括会議の討論 抵抗7

1・10 民主集中制の対極を ※再録 抵抗7

無 2 原基体としての労働者組織——三池の死者たちを撃つために 人間の科学8（2－2） 誠信書房

＊ 3・1 『はたらくひと』の春（筑豊に生きる5） 市政140（13－3）

3 『試行』についての報告 試行同人会

無 5・18 『読書新聞』事件・抗議文 日本読書新聞1258

無 6・8 『読書新聞』事件・抗議文——ふたたび抗議する 日本読書新聞1261

無 8.8 心情的基礎を失ったナショナリズム——吉本隆明編・解説『ナショナリズム』書評 図書新聞769 図書新聞社

無 9・10 わが組織空間（一内視的主格） 九州大学新聞513

無 9・25 わが組織空間（二同位性の包囲） 九州大学新聞514

無 10　青年と生物時間の背離　人間の科学16（2－10）
＊ 10・20　詩選評　菊池野129（14－7）
無 10・25　わが組織空間（三単一世界権力の仮設）九州大学新聞516
無 12・25　わが組織空間（四抵抗体の逆説）九州大学新聞519

1965年

＊ 1・23　マルクス・ガンジー主義は可能か――谷川雁氏を訪ねて〔インタビュー〕
大倭新聞6　大倭教教務本庁
無 1・25　士風・商風
『中井正一全集』第2巻月報　美術出版社
5・1　毛沢東という詩人――武田泰淳・竹内実著『毛沢東　その詩と人生』書評
図書新聞806
無 7・1　戦後責任と戦後転向――先験性誤謬論理学
※特集・知識の機能と知識人　現代の眼（6－7）
11・1　熊本・その思想的風土――この停滞の裏目はなにか（討議）
熊本風土記1　新文化集団
＊ 11・1　透明な空間の発見を　〃熊本風土記〃発刊によせて
無 11・7　曖色の悲劇――『鮎川信夫全詩集一九四五－一九六五』書評
朝日ジャーナル（7－46）　朝日新聞社
無 11・20　私の朝鮮問題の核――朝鮮よ、九州の共犯者よ
図書新聞835
12・1　日本人の経験をめぐって（討議）　現代詩手帖（8－12）　思潮社

1966年

4・12　「失読症」の渦巻から——『宮沢賢治名作選』
『私の人生を決めた一冊の本』　三一書房（高校生新書）

7・1　ことばの未来と人間　※なだ・いなだ／川本茂雄との座談
ことばの宇宙（1－2）　ラボ教育センター

＊11・1　奇妙な試み　※「はなしのひろば」欄　婦人生活（20－11）　婦人生活社

無　12・1　黙示の対応と対応の黙示——吉本隆明『自立の思想的拠点』
展望96　筑摩書房

12・1　ベトナム戦争と反戦の原理——べ平連討論集会記録（討議）
世界253　岩波書店

1968年

11・1　しかし／言葉の対位法と接続法（討議）　ことばの宇宙（3－11）

（作成　坂口博）

主な校異

本書における、初出・初刊（現代思潮社、一九六三年六月）との主な校異をまとめた。ただし、後版（潮出版社版、河出書房新社版など）との異同は記していない。

二、全般的に、日本語表記法の過渡期のために、送りかなは混在している。例えば、少ない／少い、異なる／異る、誤り／誤まり、などは初出のままである。

三、ここでは、初出と初刊における主な異同のみを記載、軽微な句読点などの異同は省いた。明らかな誤植は、初出・初刊ともに記載していない。

四、本書で採用した表記を**太ゴチック体**で示した。異同箇所には傍線を付した。

下向するシンボルを

	初出	**初刊**
11頁6行	**開港条約**	開藩条約
11頁7行	**朝廷の権威**	朝廷の権力
11頁14行	**権力＝ゼロというシンボリズム**	権力ゼロというシンボル
11頁16行	**権力の構成法**	権力構成法

インターナショナルの根

20頁6行	**強い Volkstum を資本の論理**	強い Volkstum 資本の論理
21頁6行	**平和擁護、民主主義擁護、統一と団結**	平和擁護、統一と団結
22頁6行	**刺戟する**	刺激する
22頁8行	**刺戟する**	刺激する
23頁3行	**いま民族独立**	民族独立

不可視の党のために

31頁8行	**カマトトと通人のシャム双生児**	カマトト通人のシャム双生児
33頁14行	**さっぱりそうは思えない。**	さっぱりそう思えない。
36頁4行	**及ぼさずにはおかない**	及ぼさずにおかない
37頁5行	公式のものでない	**公式のものではない**
39頁12行	老エンゲルスにおいてすら	**老エンゲルスにたいしてすら**
44頁10行	単純な観念であり、	**単純な概念であり、**
45頁1行	**分裂をどのような場のどのような位相**	分裂をどのような位相

民主集中制の対極を

49頁9行	いかなる範疇にも属しない	**いかなる範疇にも属さない**

越境された労働運動

権力止揚の回廊

51頁8行	**諸行無常**	諸業無常
51頁9行	**平家物語**	平和物語
53頁5行	**断絶感が折り重なった**	断絶が折り重なった
69頁9行	模索せざるをえない	**模索せざるをえない**

地方——意識空間として

75頁2行	**消したがる人間**	消したがる人間
76頁1行	**繊細な精神で**	繊細で

骨折前後

106頁3行	かあいそうなやつ	かあいそうなやつ ※現代表記の「**かわいそうなやつ**」に訂正
108頁2行	**私の重心はゆらいだ。**	私の良心はゆらいだ。
108頁3行	**二メートルほどの竹竿**	三メートルほどの竹竿

「サークル村」始末記

110頁1行	**『サークル村』始末記**	サークル村始末記
112頁16行	私にしてみればきまじめに	**私にしてみればいっそきまじめに**

遊民と賊のあいだ

125頁4行	**二次的な性格**	二次的は性格
125頁16行	**詐術**	話術
126頁1行	**いかんにかかわらず、**	いかんにもかかわらず、
127頁5行	**詐術**	話術
127頁6行	**詐術**	話術
131頁1行	**一次的に体験**	一時的に体験
131頁7行	**みずから賊に**	みづから賊に

サラリーマン流浪のすすめ

134頁10行	**充分に正義**	十分に正義
135頁2行	**むつかしいのは**	むづかしいのは
142頁6行	**むつかしい策謀**	むづかしい策謀
142頁13行	むづかしいのは	むづかしいのは ※現代表記の「**むずかしいのは**」に訂正

反「芸術運動」を

155頁5行	**表現したいとは**	表現したとは

断言肯定命題

165頁14行	**出口のところにしか**	出口のところしか

169頁5行	世界の一部としての自己を	世界の一部として自己を
171頁14行	対偶関係をなしている。	対偶関係をしている。
172頁13行	存在するかどうかではなく、	存在するかどうではなく、
174頁9行	作品が重ねられた詩誌	作品が重ねられ、詩誌
174頁12行	事態よりも一枚	事態よりももう一枚
175頁8行	ゆきずまったかを	ゆきずまったかを ※現代表記の「ゆきづまったかを」に訂正
176頁2行	距離のままに残されている。	距離のまま残されている。

文学は高くつく

179頁4行	堕落しまいとする	堕落すまいとする
179頁11行	より少い危険	少い危険
181頁17行	読みとられねばならない	読みとらねばならない
182頁8行	成文規約	成分規約

花田清輝—『鳥獣戯話』

191頁1行	少年感化院の	自分が少年感化院の
191頁4行	裏側から、ある政治集団	裏側から見るとき、あるいは政治集団
192頁9行	浸触させている	浸触させている　※「浸蝕」に訂正
196頁13行	「湯とともに赤ん坊を流せ」といっているかのような、この無形の声	この無形の声

埴谷雄高氏への手紙――『不合理ゆえに吾信ず』
203頁17行　（一九六一年三月一六日）　〔記載なし〕　※末尾に追加

井上光晴――『飢える故郷』
213頁7行　もとずく必然　もとずく必然　※現代表記の「もとづく」に訂正

（作成　坂口博）

谷川雁（たにがわ・がん）

1923年12月熊本県水俣市生まれ。
45年　東京大学文学部社会学科卒業。8カ月の従軍。
54年　『大地の商人』（詩集、母音社）
56年　『天山』（詩集、国文社）
58年　『原点が存在する』（弘文堂）
森崎和江、上野英信、石牟礼道子らと「サークル村」を福岡県中間市で創刊。
59年　『工作者宣言』（中央公論社）
60年　『谷川雁詩集』（国文社）
中間市の大正炭坑を拠点に大正行動隊組織。
61年　『戦闘への招待』（現代思潮社）
吉本隆明、村上一郎と「試行」創刊。
62年　山口健二、松田政男らと「自立学校」設立。吉本隆明、埴谷雄高らとともに講師をつとめる。
63年　『影の越境をめぐって』（現代思潮社）
65年　幼少年のための外国語教育機関「ラボ教育センター」創設。
81年　「十代の会」主宰。
82年　「ものがたり文化の会」主宰。
83年　『意識の海のものがたりへ』（日本エディタースクール出版部）
84年　『無の造型　60年代論草補遺』（潮出版社）
85年　『海としての信濃　谷川雁詞集』（深夜叢書社）
『賢治初期童話考』潮出版社）
89年　『ものがたり交響』（筑摩書房）
92年　『極楽ですか』（集英社）
95年　『北がなければ日本は三角』（河出書房新社）
『幻夢の背泳』（河出書房新社）
2月病没。

坂口博（さかぐち　ひろし）

１９５３年佐賀県伊万里市生まれ。福岡県立東筑高校卒業後、いくつかの職を経て、92年より福岡市の出版社・創言社編集人。滝沢克己・キェルケゴールなどの哲学および文学書の出版に携わる。２０１３年退職。現在は火野葦平や「サークル村」関係などの文学研究と文学館活動に専念。文学批評誌「敍説」同人。著書『校書掃塵——坂口博の仕事Ｉ』（花書院）、共編著『「サークルの時代」を読む』（影書房）、共著『活字メディアの時代』（福岡市・新修「福岡市史」特別編）『〈原爆〉を読む文化事典』（青弓社）。福岡県福津市在住。

＊本書は、一九六三年年六月に現代思潮社より刊行された単行本を底本とし、初出誌紙と校合したものである。その詳細は解題および校異を参照のこと。

影《かげ》の越境《えっきょう》をめぐって

著者　谷川雁《たにがわがん》

二〇二二年一〇月一〇日　第一刷発行

発行所　有限会社月曜社
発行者　神林豊
〒一八二―〇〇〇六　東京都調布市西つつじヶ丘四―四七―三
電話　〇三―三九三五―〇五一五（営業）／〇四二―四八一―二五五七（編集）
FAX　〇四二―四八一―二五六一
http://getsuyosha.jp/

装画　千田梅二
装幀　町口覚
編集　神林豊＋阿部晴政
編集協力　小原佐和子
印刷・製本　モリモト印刷株式会社

ISBN978-4-86503-150-8